지혜롭게 살아가는 세상살이

지혜롭게 살아가는 세상살이

이황연 네 번째 수필집

정출판

책을 펴내며

　인생을 살아가며 젊었을 때는 용기가 있어야 하고 장년기에는 신념이 있어야 하나, 늙어서는 지혜가 필요하다고 한다. 젊었을 때는 삶의 활력이 넘치는 시기이기 때문에 용기가 없는 사람은 없을 것이다.

　인생에 있어 장년기는 가장 오랜 세월을 차지한다. 30에서 60까지는 장년기에 속한다고 볼 수 있겠지만 어떤 이는 70까지를 장년기로 보기도 한다.

　장년기에는 자신의 일과 더불어 성장하는 기간이다. 오랫동안 자기가 한 일의 사회적 의미와 가치를 평가받는 기간이기도 하다.

　인생의 장년기가 끝나면 대개의 경우 일터의 전면에서 물러나게 된다.

　늙으면 주어진 일을 열정적으로 수행하기에는 인간적 에너지가 감소하기 때문이다. 노년기를 맞는 삶에서는 무엇보다 지혜가 필요하다. 지혜를 갖추지 못한 노인들은 사회로부터 버림을 받기 쉽다. 사회로부터 버림받지 않고 기대와 존경을 받는 노인이 되기 위해서는 지혜가 있어야 한다.

　인간은 늙어가는 것이 아니고 성숙되어 가는 과정이다. 늙는다는 것은 꽃이 피었다가 열매를 맺고 그 열매가 익어가는 것 같은 과정일 것이다.

지혜로운 노년기에는 직접 자신이 하던 일을 아들딸, 후배들에게 서서히 물려주고 배후에서 질문도 받고 도움을 주어야 한다. 그때 노년기 지도자들이 갖추어야 할 정신적 자산이 넓은 의미의 지혜인 것이다.

그렇다면 노년기에 필요한 지혜란 어떤 것일까?

이 세상에서 가장 지혜로운 사람은 어떤 경우에도 배움의 자세를 갖는 사람이라고 하였다.(탈무드) 가장 중요한 것은 책을 읽거나 공부를 하며 지식을 넓혀가는 일이다. 장년기에 갖고 있던 지식을 접거나 축소하지 말고 필요한 지식을 유지하거나 넓혀가는 일이다.

노년의 지혜는 젊은이들에게 '늙으면 이렇게 사는 것이 좋겠다.'는 모범을 보여주는 것이다. 나이 든 사람들은 젊은이들에 대한 불만이 적지 않다.

버릇이 없다든지 예절을 모른다고 한다. 그러나 다시 생각해보면 젊은이들 잘못보다는 노년을 살아가는 사람들이 선한 모범을 보여주지 못한 책임이 더 큰 것 같다.

늙는 것은 내 잘못이 아니다. 늙는 것은 또한 누구의 잘못도 아니다. 가만히 있어도 세월은 흐르게 되어 있기 때문이다.

노년의 삶은 인생 여정 중에서 마음을 비우고 살아가기에 가장 좋은 나이다.

그러기에 노년은 생각보다 멋지고 아름다운 인생길이다.

욕심을 좀 더 멀리서 남의 것처럼 바라보고, 담담한 마음으로 삶의 여백을 마음에 담을 수 있어 좋다.

시기나 질투보다는 사랑과 너그러움이 자리하고, 남의 잘못보다는 잘한 것이 보인다. 가지고 싶은 마음보다 주고 싶은 마음이 생기고, 미워하는 마음보다 축복하고 싶은 마음이 생기니 세상의 모든 것이 점점 더 아름다워 보인다.

원망은 사라지고 감사한 마음이 절로 생겨서 좋다.

무엇을 먹을까, 무엇을 입을까, 어디를 갈까… 걱정하지 않고, 있는 그대로 먹고 입으며 생각나는 대로 가면 된다. 시간에 쪼들리지 않으니 물 흐르듯 구름 가듯 유유자적하지 않는가.

행복은 마음으로 만들고 천국은 내 마음에 있다고 생각하는 나이가 노년이다.

이 세상에서 가장 행복한 사람은 '지금의 이 모습 그대로 감사하며 사는 사람'이라고 하였다. 아리스토텔레스는 '행복은 감사하는 사람의 것'이라 했고, 인도의 시성 타고르도 '감사 분량 곧 행복 분량'이라 했다.

사람은 감사하는 만큼 행복하게 살 수 있다. 행복해서 감사한 것이 아니라 감사하기 때문에 행복해진다. 결국, 행복은 소유에 정비례하기보다는 감사에 정비례하는 것이다.

노년의 삶은 모든 것을 버리고도 가슴 아파하지 않고, 빈 마음을 만들며 정을 담을 수 있어 아름답다. 빈 마음을 여백에 채우고 주어진 오늘에 감사하며 담담하게 살아갈 수 있어 좋다.

노년에 이르면 삶이 참으로 고귀하고 아름답다는 걸 절실히 느낀다. 아름답게 늙어가는 사람은 멋있고 존경스러워 보인다.

2019년 말 세 번째 수필집을 내고 그동안 '푸른솔문학' 카페회원

코너에 실렸던 글들을 정리해 또 한 권의 수필집을 내게 되었다.

2020년 초부터 시작된 '코로나 팬데믹'은 아직도 계속되고 있다. 우리의 삶도 어느새 코로나와 더불어 살아가는 일상생활이 되었다. 그래서 코로나 관련된 글을 더 많이 쓴 것 같다. 수필은 내가 살아가는 세월의 이야기니까.

그동안 내 문학의 길을 이끌어 주시는 김홍은 명예교수님께 감사드립니다.

책을 펴낼 때마다 열과 성의를 다해 주시는 정은출판 노용제 대표에게도 고마움 뜻을 전해 드립니다.

2021년 9월
돈암동 우거에서

차 례

1부 코로나와 신토불이

2부 측은지심

차 례

3부 노년의 삶

4부 인생삼락

차 례

5부 세 가지 은혜

6부 다시 보는 전원일기

1부

코로나와 신토불이

봄 처녀가 부드러운 미소를 지으며 우리의 문을 두드린다. 춘래불사춘이라 해도 봄은 어김없는 환희의 계절이다. 우울한 날, 비애의 날이여 어서 사라져 가거라. 절망의 세월이여 멀리멀리 떠나가 다시 오지 말아라.

악수 기피忌避

우리는 일상생활에서 악수를 하며 서로 인사를 나눈다.

악수는 가장 일반적인 인사 예절이다. 인사나 감사의 뜻으로, 친근감과 화해를 하기 위해 각자 한 손을 마주 내어 잡는 일을 의미한다. 잉글랜드 사람들이 손에 무기가 없다는 것을 증명하기 위해 손을 잡고 인사를 했다는 것이 악수의 기원이라고 전해진다. 오늘날 악수는 세계적으로 여러 나라에서 보편적으로 통용되는 인사법이다. 그런데 요즈음 갑자기 악수를 기피하는 현상이 벌어져 모두를 당황하게 했다.

동호인들끼리 아침마다 만나는 테니스코트에서 있었던 일이다. 게임을 하기 위해 일행들은 테니스코트 맞은편에서 서로 덕담을 나누며 악수를 해 왔다. 어느 날 갑자기 악수를 하지 않고 주먹을 마주치며 인사를 대신하는 게 아닌가. 순간 당황하고 다소 놀라지 않을 수 없었다. 신종 코로나바이러스 감염을 방지하기 위한 행동이라고 해서 실소를 금할 수 없었지만 이해할 수가 있었다.

요즈음 일고 있는 코로나바이러스 때문에 생긴 사회적 현상이 심

상치 않다는 느낌을 받았다. 지하철이나 버스를 타면 승객들 모두가 마스크를 착용하고 있다. 비상사태 현장에서 탈출구를 찾아 나서려는 군중들처럼 긴장감이 넘치는 모습이다.

각종 모임이나 만남이 취소되거나 무기한 연기되고 있다. 평소 장사가 잘된다고 소문난 식당들도 한산하다. 붐비고 바쁘던 가게들도 갑자기 개점휴업 상태거나 문을 닫았다. 극장 병원 시장 등 사람들이 많이 모이던 장소들이 한적하고 조용하기만 하다.

사람 사이에 또는 물체와 사람 간의 감염感染은 병리病理 현상이다. 그러니 감염이 확산되고 공포가 커지는 것은 인재人災라고 보아야 할 것 같다.

감염이 확산되고 사회적으로 재난 현상이 일어나는 것은 정부의 책임이다. 중국에서 처음으로 우리나라에 '코로나19'가 건너왔을 때 대통령은 '과도한 불안을 갖지 말라'고 말했었다. 그러나 감염 환자는 급증하는 추세였고 정부의 대응 태세도 오락가락하는 것 같아 국민들 불안감은 감추지 못했다. 개인과 가정은 물론 국가나 사회적으로 긴장감이 확산되고 있다. 가뜩이나 어렵던 국가 경제 전반에도 타격을 주고 있는 것 같다.

국민들의 불안과 공포는 미지未知에서 온다. 정부의 투명한 정보 공개와 명확한 대응 방침을 국민들에게 알려야 한다. 나라 전체가 난국을 맞아 국민들이 당황하면 혼란이 발생한다. 정부의 투명한 정보 공개와 신뢰할 수 있는 대책을 국민들에게 솔직하게 알려야 한다. 믿을 수 있는 정부의 대책에 국민들은 적극적으로 호응할 것이고 비상사태도 극복될 수 있다.

2003년 사스(SARS), 2015년 메르스(MERS)와 더불어 이번 코로나바이러스 사태는 모두가 호흡기 바이러스 증후군이다. 옛날에는 없던 병균이나 바이러스가 생겨나는 이유가 무엇일까? 인간과 자연의 관계에서 원인을 찾아야 할 것 같다. 인간과 자연의 조화를 무시한 무절제한 산업화와 도시화로 자연환경은 엄청나게 파괴되고 있다. 자연은 스스로를 조절할 뿐 아니라 인류에게 많은 것을 아낌없이 주고 있다. 맑은 공기와 시원한 바람, 밝고 따뜻한 햇살과 천연의 생수와 강물….

자연을 정복한다는 인간의 오만한 자세는 지구를 파괴하는 지경에 이르고 있다. 지구 '온난화 현상'이 바로 그것이다. 옛날에 없던 엄청난 자연재해나 인류를 괴롭히는 새로운 병균들이 새로이 발생하는 이유도 있다. 인류에게 혜택을 주던 자연을 배신하는 인간의 오만한 자세에 대한 조물주의 응징일는지도 모른다.

맑은 공기와 물, 따스한 햇살, 우거진 숲, 침묵에 잠긴 고요, 별이 빛나는 밤하늘, 논밭의 기름진 흙, 아름답고 향기로운 꽃, 예쁘게 지저귀는 새들의 노래.

온종일 주워섬겨도 자연의 혜택을 말로는 다 할 수 없다. 이와 같은 자연의 은혜에 대해서 우리들 인간은 감사할 줄 모르고 당연한 것으로 받아들이고 있다.

자연은 인간에게 원천적인 삶의 터전이고 배경이다. 자연과 인간은 어머니와 자식 같은 관계로 회복되어야 한다. 파괴되지 않고 오염되지 않은 자연 속에서 인간도 덜 황폐되고 덜 오염되어 인간 본래의 건강을 되찾을 수 있을 것이다. '코로나19'의 빠른 퇴치를 염원한다. 그리고 우리 일상생활 속에서 인사를 정다운 악수로 했으면 좋겠다.

역병疫病과 전쟁

옛날에 읽었던 소설 '동의보감'을 다시 한번 보고 싶은 충동이 일었다.

허준은 조선 중기에 미천한 출신으로 태어나 어의御醫가 되고 정일품 벼슬까지 한 인물이다. 세계적인 의학서적 '동의보감'을 저술한 그의 파란만장한 인생을 재미있게 그려낸 작품이었다.

옛날에도 악성 유행병인 역병은 있었다. 몇 년 전에 있었던 메르스(중동호흡기증후군), 사스(중증급성호흡기증후군)도 역병으로 불리는 돌림병이었다. 조선조 때 주된 전염병은 콜레라, 장티푸스, 이질, 홍역 등이었다. 생활환경이 개선되고 의술이 발달한 오늘날은 옛날의 질병들은 예방과 치료가 가능하므로 별문제가 없는 것같다. 그러나 지금의 코로나 역병은 원인과 처방을 밝혀내지 못하고 있어 심각성을 더하고 있다. 오늘의 '코로나19' 사태를 바라보며 참담한 심경을 금할 수가 없다. 특별한 일 아니면 외출을 하지 못하고 집안에만 갇혀 생활한 지가 보름도 더 지났다. 창살 없는 감옥이란 게 바로 이런 것인가 싶다.

답답한 마음에 오늘은 아침 일찍 집을 나서 성북 천으로 가 청계천을 향해 걷고 있었다. 영상의 포근한 날씨에 봄이 온 듯한 느낌이 든다. 깨끗한 하상도로는 인적이 드물어 안심이 된다. 개천을 흐르는 맑은 물소리가 정겹고 물 위를 유유자적하는 오리 떼들이 평화롭게 보인다. 언뜻 바라보니 성북천 둑에 노란 개나리꽃이 피어있다. 나도 모르게 감탄을 했다. 아! 벌써 꽃이! 새해 들어 처음 보는 꽃이라 다소 마음이 설렌다. 자연은 역시 위대하고 인간에게 커다란 도움을 주고 있다. 코로나 역병이 온 나라를 삼키고 사람들은 불안과 공포 속에 하루하루를 살아가고 있어도, 자연은 인간에게 계절의 선물을 잊지 않고 주지 않는가.

옛날에도 역병이 돌면 그 마을은 폐허가 되고, 고을 행정은 마비가 되었다고 한다. 한양 도성에서는 전염병이 유행하면 환자들을 도성 밖으로 내보내 격리하였다는 것이다. 옛날이나 지금이나 역병이 나돌면 고통과 참상을 겪는 건 무고한 백성들이다. 왕조시대의 훌륭한 임금은 역병으로 참상을 겪는 백성들에게 '과인寡人의 부덕'이라며 사과하고 위로를 했다.

매일 매일 코로나 확진자 수가 수백 명에 이르고 사망자 수도 겁나게 늘어나고 있다. 언제까지 음산하고 불쾌한 통계를 바라보며 살아야 하는지 걱정이다. 코로나바이러스에 대한 두려움이 온 세상을 휩쓸고 있다. 버스나 전철을 타고 보면 모두가 마스크를 쓰고 있다. 상대방을 서로가 경계하는 듯한 살벌한 분위기를 보인다. 긴장감에 나도 다른 사람 옆으로 가기가 싫다. 빈자리가 있어도 곁에 사람이 있으면 앉지 않고 서서 가기 일쑤다.

사람은 사람끼리 가까이하고 접촉하며 사회를 이루고 살아가니 인간人間이 아닌가. 사람끼리 피하고 서로가 멀리하는 인간관계는 참다운 사회가 아닐 것이다. 코로나 역병에 시달리는 사람들은 말할 것 없고, 불안과 공포에 시달리는 국민들도 불행하기는 마찬가지다. 국민의 생명과 재산을 지켜주어야 할 국정 책임자나 정부는 이번 사태에 대한 책임이 크다.

코로나 역병 확산은 인재에 가깝다. 역병의 발원지 중국에서 입국하는 사람들을 처음부터 막아야 했었다. 그게 상식이었고, 의사협회나 감염협회 등 전문기관에서도 여러 차례 건의를 했었다. 시진핑 초청을 염두에 두고 여러 가지 핑계로 전문가들 건의를 무시했으니 인재人災라는 것이다. 무역이나 경제도 국민 생명보다 더 소중한 것이 아니다.

마스크 공급 문제도 마찬가지다. 수천 명이 줄을 서서 몇 시간씩 기다려도 쉽게 마스크를 구하지 못하고 허탈해하는 사람들 표정을 보기가 민망스러웠다.

역병 확산 방지를 위해 학교를 휴교하고 군중 집회는 못 해도 수천 명 마스크 구매 행렬은 괜찮단 말인가. 탁상행정 하며 발표만 하고 현장 확인은 하지 않는 관료들 행태도 문제다. 손자들 걱정되어 새벽부터 나와 몇 시간을 기다리고도 마스크를 손에 못 쥔 채 허탈해하는 노인들 고충을 알 리가 없다.

질병 예방과 치료는 의학이라는 과학의 몫이다. 정치 논리로 역병을 퇴치하려는 생각은 너무 허탈해 보인다. 지금 국민들 일상생활은 불안과 공포 속에서 하루하루를 살아가고 있다. 한 달 가까이 비정상적인 생활을 하며 나날을 보낸다. 정부는 전문가들 의견을 존중해 코로나 퇴치에 심기일전해야 한다.

우리의 의학 기술은 세계적인 수준이다. 또한, 우리 국민은 위기에 강한 민족이다. IMF 위기를 이겨냈고 메르스 사태도 극복했다. 오래전부터 우리는 어려움과 아픔을 나누며 살아왔다. 나보다 더 어려운 이웃이 있음을 생각하며 모두가 하나가 되어 상생의 힘으로 대처해야 한다. 코로나 사태도 언젠가는 끝날 것이다. 그때를 생각하면서 더욱 힘을 내야겠다.

간병인看病人

나이를 먹는다는 것은 나에게만 일어나는 일은 아니다. 누구나 나이를 먹고 늙게 마련이다. 나 아닌 다른 사람들도 나이가 들어가고, 그들도 나이 듦에 따라 여러 가지 문제를 겪게 된다.

특히 그중에서 가장 큰 문제는 부모가 늙는다는 사실이다. 우리는 누구나 자신의 부모가 늙어가는 것을 조금씩 받아들이면서, 언젠가 닥칠 문제를 생각하면서 살고 있다. 그러나 막상 현실이 다가왔을 때는 충격이 의외로 크다.

늙은 부모는 나이 듦에 따라 누구나 정신적 육체적으로 고통받고 한계 상황에 부딪힌다. 치매나 중풍 등 노인병에는 환자를 보살필 사람이 필요하다.

대가족이나 농경사회에서는 자식이나 다른 가족들이 간병인 역할을 했었다.

자식들은 어릴 때부터 부모의 보살핌을 받으며 자라왔다. 평생 보살핌을 받는 자식으로 남고 싶은 마음을 떨치기 힘든 것이다. 그러기에 병들고 약해져 가는 부모를 쉽게 받아들이기 어려운 것이다. 그러나 이제는 내가 부모를 돌봐야 한다는 것을 자각해야 한다. 보살핌만 받고 살아온 자식은 부모를 돌봐야 한다는 자각의 시간도 오래 걸리는 것 같다.

벌써 10여 년도 훨씬 지난 옛날이야기다. 아버지께서 돌아가시고 홀로 계신 어머니를 모시고 고향에서 산 적이 있다. 돌이켜 보면 현직에서 은퇴하고 고향에 돌아와 훈훈한 정감을 느끼며 보낸 보람찬 생활이었다. 옛날의 대농가라 집은 커다랗고 식구는 어머니와 나뿐이라 적적할 때도 있었다. 어느 날 오후 외출했다가 어둑어둑할 저녁 무렵 대문을 열고 안마당으로 들어섰다. 불 켜진 안방에서는 어머니가 TV를 켜놓고 계시다. 귀가 어두운 어머니는 볼륨을 크게 해 밖에서도 소리가 들린다.

방에 들어가 인사를 드리니 어머니는 TV를 끄고 이상한 말씀을 하셨다. "오늘 낮에 ○○ 아저씨가 다녀가셨다"고 하신다. 오래전에 돌아가신 집안 할아버지 이야기를 하신 것이다. 순간 나는 놀라고 당황하지 않을 수가 없었다. 갑자기 머리끝이 쭈뼛해지며 무서운 기분이 들었다. 88세이신 어머니의 치매 증상을 처음 맞던 기막힌 순간이었다.

그 후로 어머니의 일상생활은 정상적인 것이 아니었다. 아무 때나 혼자 집을 나서 정처 없이 어디론가 헤매고, 집안 세간살이를 마구 흩트려 놓았다. 평소 하지 않던 이상한 말을 하는가 하면, 식사가 끝나 치우고 나면 또 식사를 한다고 하셨다. 나는 잠시도 어머니 곁을 떠날 수가 없었고 다른 사람의 도움이 필요하다는 것을 느꼈다. 간병인이라는 존재를 처음으로 생각하게 되었다.

　어머니께서는 70년 넘게 살아온 정든 집을 떠나 서울로 오셨다. 요양원 '도봉 실버센터'로 어머니를 모시던 날은 내 인생에 가장 큰 비극의 날이었다.

　정든 고향집을 두고 낯선 곳에 오셨다. 처음 맞는 환경에 낯선 사람들 얼굴을 대하며 어머니는 불안하고 초조해하신다. 잠시 후 어머니는 내 이름을 부르시며 "얘야! 나 여기서 못살 것 같다. 가마골(가마리)로 가자" 하며 애원하신다.

　어머니의 애절하고 가련한 표정을 볼 수가 없어 밖으로 나갔다. 어머니를 태우고 온 승용차 안으로 들어가 한없이 울었다. 어머니에 대한 죄책감 때문에 몸을 움직일 수가 없었다.

　어둠이 오고 요양원에는 불이 환하게 켜져 있다. 안으로 들어가 보니 어머니는 벌써 잠이 드셨다. 명절 때 자식 집에 오셔도 고향이 그리워 집에 가겠다고 재촉하셨던 어머니다. 그곳에 데려다 달라고 애원하시던 불쌍한 어머니 뜻을 거슬렀다. 70년 넘게 살던 정든 집에 데려다 달라는 어머니 애원을 거역한 나는 불효자식이었다. 깨끗하고 정갈한 환경과 상냥하고 친절했던 간병인들 도움으로 4년을 더 사시고 어머니는 하늘로 가셨다. 10년이 더 지난 세월이지만 지금도 생각하면 눈시울이 붉어진다. 내 평생 잊을 수 없는 상처의 기억이 될 것 같다.

　인간의 생노병사生老病死는 누구에게나 어김없이 온다. 늙고 병든 사람을 보살피고 이끌어 주는 건 인간의 도리다. 더 나아가 인도주의 정신이라 할 것이다. 가정은 국가나 사회제도의 기초단위 조직이다. 건전한 국가나 사회는 평화롭고 행복한 가정에서 나온다. 옛날처럼 효심孝心으로 병간호하며 가정의 행복과 평화를 유지할 수 있다면 다행이다. 바쁘고 복잡한 현대인들에게는 힘든 일이다. 간병인은 이제 없어서는 안 될 현대인들의 사회생활 제도로 정착하는 것 같다.

춘래불사춘 春來不似春

봄은 희망의 계절이다. 북풍한설 삭막했던 겨울이 어느새 지나갔다.

따스하고 보드라운 봄바람이 만물을 포근하게 감싸고 있다. 우리의 봄은 개나리꽃부터 시작된다. 양지바른 성북천 둑에 개나리꽃이 만발했다. 테니스코트가 있는 방학 능선 숲에도 한스러운 듯 진달래꽃이 화창하다. 아파트 앞 정원에는 언제부턴가 탐스러운 목련이 청순함을 자랑하고 있다. 봄은 순진한 처녀처럼 부드럽고 상냥한 계절이다.

희망의 봄은 생명의 여신인가보다. 새로운 생명이 태어나 자라고 있는 것이 눈에 보인다. 이보다 놀랍고 신비스러운 일이 어디 있겠는가.

옛사람들은 봄바람을 혜풍惠風이라 했고, 여름 바람을 훈풍薰風, 가을바람을 금풍金風, 겨울바람을 삭풍朔風이라 했다. 봄바람은 은혜로운 바람이다. 봄바람이 얼굴을 스치면 누구나 마음이 훈훈해진다. 봄바람은 초록을 어루만져 향기로운 꽃을 피우게 한다. 봄의 태양은 따스하고 봄바람은 은혜롭다.

봄의 대지는 인자하고 봄날의 공기는 상쾌하다. 밝은 희망은 봄의 여신이 우리의 가슴을 안아 줄 때 찾아온다. 인간은 희망을 먹고 사는 동물이다.

고목처럼 메말랐던 가지에 생명의 새싹이 돋아나는 것은 얼마나 신비롭고 감동적인가. 얼어붙었던 땅에서 녹색의 새 생명이 자란다는 건 너무도 감격스럽다. 창문 밖 정원에 나비가 하늘거리고 높고 푸른 하늘에서 종달새가 지저귀는 감미로운 시절이다. 벌판에는 시냇물이 흐르고 숲속에 꽃이 피는 그림 같은 계절이다. 자연은 너무도 위대하고 자비롭다. 사람은 자기 몫을 위해 신의를 등지고 배반하는 일조차 있지만, 존엄한 우주와 자연의 질서에는 거짓이 없다.

하지만 지금 우리의 봄은 춘래불사춘春來不似春이다. 봄이 왔건만 봄 같지 않다는 고사성어가 떠오르는 순간이다. 중국 전한 시대 원제는 왕소군이라는 애지중지하는 절세미인 궁녀를 두고 있었다. 흉노족과 화친 정책을 위해 그녀를 흉노 족장에게 시집을 보낸 후 허탈하고 서글픈 심정을 그린 고사성어다.

아름다운 봄은 위대한 자연이 가져다주는 자비慈悲다. 이 아름답고 향기로운 계절을 즐기지 못하게 훼방꾼이 나타났다. "코로나19 역병"인 것이다. 지리적으로 경제적으로 인접한 중국에서 치료제도 백신도 없는 바이러스가 침투해 온 것이다. 처음에 대통령은 국민을 향해 '곧 종식된다'며 일상을 즐기라고 했었다. 초기에 중국 여행객 입국을 제한하고 강도 높은 방역 조치를 했어야 했다. 질병의 확산과 방역 조치를 정치적으로 접근하는 실수를 한 것이다. 의사나 세균 전문가들 건의를 소홀히 하고 장관이나 행정관료 등 '윗분들' 뜻대로 움직이려 했었다.

초기 대응에는 실패했지만 철저한 방역과, 대규모 집단검사, 확진지역 접촉경로 추적 등으로 급증세는 다소 멈춘 것 같다. 우리 의료진의 능력과 헌신은 눈부시다. 빠른 속도로 확진자가 늘어나는 유럽과 미국 등 선진국을 보며 시민의식도 우리가 더 높다는 생각도 들었다.

하지만 우리 정치권의 수준은 역시 국민들 눈높이 아래에 있다. 정치 계절이 되고 보니 코로나 역병 사태까지 정치 목적으로 이용하려 안달이 나 있다. 국민의 생명과 재산을 지키겠다는 정치인들 말은 믿을 수 없게 된 지 오래되었다. 오직 정권 욕심만 바라고 "국민"의 이름만 팔며 표를 사려는 정상배政商輩 같다.

'과거에 빚지지 않은 현재는 없다'는 말이 있다. 세계가 칭찬하는 우리 방역 체계의 기초는 박정희 정권이 도입한 의료보험제도다. 세계가 감탄하는 진단 키트 개발과 생산은 2015년 메르스 사태가 계기였다. 과거의 승계보다는 과거 청산에 집착하는 정권이, 과거 정권 유산의 덕을 보는 것은 아이러니한 일이다. '코로나19' 역병 이후, 미래는 지금까지 생각했던 것과는 다를 것이다.

낯선 미래를 내다보고 대하는 태도는 겸손해야 한다.

일 년 사계절을 여자에 비유하는 폴란드의 명언이 있다.

봄은 처녀, 여름은 어머니, 가을은 미망인, 겨울은 계모라고 했다. 봄 처녀가 불룩한 생명의 젖가슴을 갖고 부드러운 미소를 지으며 우리의 문을 두드린다. 춘래불사춘이라 해도 봄은 어김없는 환희 계절이다. 우울한 날, 비애의 날이여 어서 사라져 가거라. 절망의 세월이여 멀리멀리 떠나가 다시 오지 말아라.

사회적 거리

　아침 일찍 운동을 하러 서둘러 집을 나섰다. 지하철을 타고 보니 마스크 챙기는 걸 깜박 잊었다. 집으로 돌아가 마스크를 쓰고 나와야 하나 고민하다가 그대로 전철을 탔다. 귀찮은 생각에 그대로 차를 탄 게 잘못이었다. 지하철 안 승객들을 바라보며 깜짝 놀라고 당황했다. 전동차 안의 모든 승객들은 한 사람도 빠짐없이 마스크를 쓰고 있었다. 앉을 자리는 있었지만, 출입문 옆 벽면壁面 쪽으로 가서서 가게 되었다. 다른 사람들이 흉을 보는 것 같아 뒤통수가 따끔거리는 느낌이 왔다. '마스크 외계인'이 된 듯 불안하고 초조한 기분으로 목적지에서 차를 내렸다.

　유채꽃이 한창인 제주도에서는 여러 대의 트랙터로 꽃밭을 갈아엎었다. 예년처럼 넘치는 상춘객이 두려워서 취한 조치다. 서울시는 벚꽃 명소인 여의도 윤중로 입구를 차단했다. 벚꽃 구경나온 상춘객들 입장을 막기 위해서다. 군데군데 캠퍼스의 아름다운 꽃구경을 하지 못하도록 '꽃놀이 오지 마세요' 써 붙이고 대학교 정문을 잠가 버렸다. 봄이 무르익어가고 있지만 봄 같지 않은 계절이다.春

來不似春 온 나라에 코로나 역병이 침투하여 국민들이 수난을 겪는 동토凍土의 계절만 같다.

요즈음 우리는 '사회적 거리'라는 낯선 말을 자주 쓰고 있다. 코로나바이러스를 극복하기 위하여 가능하면 사람끼리 만나지 말고 거리를 두라고 하는 것이다. 꼭 만나야 할 경우 사회적 거리를 유지하라고 한다. 사회적 거리란 미국의 인류학자 에드워드 홀이 소개한 개념이다. 사람끼리의 공간은 인간관계에 따라 4가지로 구분한다.

가족이나 연인 사이처럼 숨결이 닿을 듯 '친밀한 거리(0~46㎝)', 친구나 가까운 사이에 격식을 따지지 않아도 되는 '개인적인 거리(46~120㎝)', 사회생활 하며 업무상 만나는 사람들과 지키는 '사회적 거리(120~360㎝)', 무대공연이나 연설 등에서 무대와 관객이 떨어져 있는 '공적인 거리(360㎝ 이상)'인 것이다.

신종 코로나바이러스가 밀폐된 실내의 가까운 거리에서 감염되는 것으로 알려지면서 사회적 거리가 주목을 받고 있다. 코로나바이러스가 날아가 흐트러지는 거리가 2m 정도라고 한다. 사회적 거리 두기를 해야 하는 이유다.

인간人間이라는 글자가 사람끼리의 간격과 거리를 상징하는 것 같다. 사람끼리는 관계가 가까울수록 거리도 가까워진다. 뱃속에서 나온 아기는 엄마의 젖을 물고 가슴에 얼굴을 묻는다. 두 사람 사이에는 거리가 없는 셈이다. 이 세상에서 제일 가깝고 뜨거운 사랑이 있는 사이다.

사랑하는 연인끼리의 거리는 어떨까? 사랑하는 남녀끼리는 사랑이 뜨거워질수록 사이가 가까워지고 끝내는 거리를 없애려고 안달이 나게 마련이다.

친밀한 거리나 개인적인 거리가 따뜻한 사랑의 관계라면 사회적 거리나 공적인 거리는 냉정하고 차가운 거리일 것이다. 사람과 사람끼리 어떤 거리를 유지하는 게 좋을까? 우리는 일상생활에서 가까운 거리를 두어야 할 사람이 있고, 더 먼 거리를 유지해야 할 사람이 있다. 사람끼리 거리 조절의 잘못은 인간관계의 실패로 이어지는 경우가 많다. 인간관계 거리 조절은 인생의 성공 여부를 결정지을 수도 있다.

'고슴도치 소원'이라는 동화가 있다. 가까워지면 아프고 멀어지면 얼어 죽는 고슴도치의 딜레마를 이야기 한 것이다. '외롭지만 혼자 있고 싶고, 혼자이고 싶지만 외로운 우리 모두의 이야기'다.

코로나바이러스 창궐로 선진국을 비롯하여 지구촌이 아비규환阿鼻叫喚이다. 우리나라는 '코로나19' 확산세가 다소 진정되는 것 같아 다행이다. 정부는 '사회적 거리두기'에서 생활방역체계로 전환할 것을 검토한다고 했다. 사회적 거리두기를 무한정 계속하면 일상생활과 경제활동이 침체의 늪에 빠진다. 생활방역체계는 일상생활과 경제활동이 방역 조치와 조화를 이루도록 하는 조치다.

역병 난국을 극복해도 코로나 이전과 이후는 완전히 다른 세상일 수밖에 없다고 한다. 어쩌면 예전 일상으로는 영원히 돌아갈 수 없을지도 모른다. 바이러스 방역 못지않게 코로나 세상을 견디고 이겨낼 수 있는 심리적 방역도 갈수록 중요해지고 있다.

'코로나'와 신토불이

신토불이身土不二란 말이 처음 등장한 건 1989년이다. 지금은 국어사전에도 등재되어 있지만, 그 당시에는 전연 낯선 용어였다. 세계 무역기구 우루과이라운드에서 쌀시장 개방 압력이 임박할 무렵이었다. 농협은 '우리 농산물 애용 운동'을 대대적으로 벌이면서 신토불이라는 말을 캐치프레이스로 사용하였다.

농협은 일본 저서와 국내 각종 고문헌을 조사해 그때까지 듣지도 보지도 못했던 '신토불이'라는 용어를 세상에 내놓았다. 사람의 '몸과 땅은 둘이 아니라 하나이며, 자기가 사는 땅에서 산출한 농산물이라야 자신의 체질에 잘 맞는다는 의미'로 정의를 내렸다.

신토불이는 우리 농산물 애용 운동의 대명사가 되었다. 농산물 시장개방을 반대하는 상징적 용어이기도 했었다. 당시에는 농산물 개방을 논의하는 우루과이 라운드 협상이 한창이던 때였다. 시장개방에 대한 농민들의 반대가 거센 터라 신토불이에 대한 국민들의 공감대도 엄청나게 컸었다.

신토불이의 진수는 1991년 쌀시장 개방 반대 범국민 서명운동이었다. 서명운동 시작 42일 만에 1,307만여 명의 서명을 받아냈다. 짧은 기간에 우리나라 전체 인구의 30%에 해당하는 숫자의 서명을 받아 기네스북에 오르기까지 했었다.

2000년대 들어서며 경제의 흐름이 세계화, 개방화로 접어들어 수입 농산물에 대한 국민들 거부감도 엷어지기 시작했다. 가전제품 자동차 반도체를 많이 수출하니, 농산물은 수입해 먹는 것이 당연한 것처럼 국민 정서도 바뀌기 시작했다. 농업과 농민에 대한 피해가 늘어나고 있었지만 불가피한 현상처럼 보였다. 농산물 시장개방으로 쌀을 비롯한 각종 외국산 농산물이 우리들 식탁을 차지하기 시작했다.

코로나 사태는 사람끼리 직접 연결되거나 접촉하지 않는 비대면이 중요해지고, 인간 생활 전반에 영향을 끼치고 있다. 인간세계는 사람과의 연결과 접촉이 무엇보다 중요한데 이를 부정하는 것이 바로 비대면, 비접촉이다. 새천년과 더불어 4차 산업혁명은 우리가 알게 모르게 비대면의 시대를 이미 준비하고 있었지만, 미처 모르고 있었다. 코로나로 인해 비대면 비접촉의 시간이 다소 앞당겨졌을 뿐이다.

인간은 살아 있는 생명체이다. 오랜 세월 동안 환경에 적응하며 진화를 계속해 왔다. 바이러스 또한 인류의 발전 과정에서 오랜 기간 인간과 공존해 왔다.

중세 유럽에서는 흑사병으로 인구의 5분의 1이 생명을 잃는 엄청난 재앙을 맞이했지만, 그 후로 오히려 새로운 문명이 일어났고, 그 결과 서양은 세계사에서 주도적인 역할을 하기 시작했다. 흑사병이 수백 년 만에 처음 있는 일인 것처럼 보도되고 있지만, 그동안 흑사병 환자는 계속 있었다는 것이다. 그것이 크게 주목받은 것이 14세기 중반 전 유럽에 유행하고 큰 재앙을 가져온 '흑사병 사태'이었다.

최근 코로나 사태가 장기화하면서 신토불이 운동에 반전을 맞은 것 같다.

악재로만 여겨졌던 신종 코로나바이러스 때문에 농산물 수입이 급감하는 사태가 일어나고 있다. 이에 따라 다시 식량안보와 국산 농산물의 중요성에 대한 주목을 받게 되었다. 코로나 사태가 일깨운 국산의 재발견이자 소중한 기회가 되고 있다. 기회를 살려 전 국민에게 국산 농산물의 가치를 제대로 인식시켜야 한다. 그렇다고 무조건 애국심에만 호소하는 건 시대착오적 발상이다.

국산의 가치와 장점에 대한 합리적인 설명이 있어야 한다.

코로나 사태 장기화 추세로 국내외 경제 환경도 크게 바뀔 전망이다.

이번의 '코로나19'는 그동안 주도적 역할을 해온 서구 문명의 폐해를 지적하고 새로운 문명의 태동을 알리는 예고편인지도 모른다. 흑사병이 인간의 힘만으로 사라진 것이 아니듯, 코로나 역병 역시 어느 땐가는 우리 곁을 떠나갈 것이다.

코로나19사태가 국가와 사회에 미친 영향은 상상을 초월할 것이고, 그 파장과 후유증도 엄청날 것이다. 이에 따라 농업도 대변혁이 불가피해 보이며, 이에 대비할 방안이 시급한 것 같다. 국산 농산물

의 가치를 제대로 홍보하는 일이 급선무다. 국산 농산물의 가치를
제대로 홍보하기 위해서는 '신토불이' 정신을 다시 한번 곱씹어 보
아야 한다. 시대 흐름에 적합한 신토불이 운동이 절실하게 필요한
시점이다.

코로나 사피엔스

'호모 사피엔스'는 현명한 인간이란 뜻의 학명이다. 인류 발달사에서 이성적 사고를 하는 인간을 호모 사피엔스라고 했다. 지금은 '코로나 사피엔스'라는 신조어가 생겨나 우리들을 당혹스럽게 하고 있다. 예기치 않게 찾아온 불청객 '코로나19' 탓이다. 지금 온 인류가 코로나바이러스 창궐로 고통 속에 신음하고 있다.

무더위 속에서도 마스크 쓰고 살아가며 땀을 흘린다. 마스크 쓰지 않으면 버스
지하철 택시도 태워 주지를 않는다. 사람이 많이 모이는 장소는 피해가며 살아야 한다. 아이들은 학교에 가지 못해 불안하고, 부모들은 걱정과 한탄 속에 하루하루를 살아가고 있다. 정다운 이웃과 만나 담소를 나누며 커피 한 잔 마시던 공간이 사라졌다. 정겨운 친구 만나 가는 세월 한탄하며 막걸릿잔 기울이던 목로주점도 언제부턴가 눈에 띄지 않는다.

평온하고 안락했던 일상이 우리 곁을 떠나가고 있다. 지금은 모든 게 뜻대로 되지 않는 세상이 되었다. 불안하고 초조한 세상을 벗

어나고 싶다. 평온했던 과거의 일상으로 빨리 돌아가고 싶은 생각 뿐이다. 이것은 나만이 아닌 우리 모두의 바람일 것이다.

위대한 자연 앞에 인간은 겸손해야만 했다. 그런데 인류는 역사상 전례가 없는 자연 침범을 저질러 왔다. 자연을 정복하고 인류문명을 발전시킨다고 생각했다. 이러한 인간의 오만이 오늘의 비극을 가져 왔다고 석학들은 이야기한다. 사스, 신종 풀르, 메르스, 코로나는 모두 21세기에 발생한 바이러스다.

코로나19를 비롯한 바이러스의 발생 원인은 인류가 자연 생태계를 파괴한 데서 비롯되었다는 것이다. 생태계 파괴로 야생 동물들이 인간과 가까워지며 그 바이러스가 사람에게 전이 되어 일어나는 현상이라고 했다. 인간의 자연 침범과 생태계 파괴, 지구 온난화가 결국 코로나 사태를 유발했다는 것이다. 지금의 코로나 위기는 인류문명을 흔드는 재앙으로 이어지고 있다.

세계 역사상 1929년 대공황과 2008년 금융 위기는 가장 큰 경제 위기였다.

이번 코로나 사태는 더욱더 큰 위기를 가져올 수 있다고 한다. 코로나 사태가 장기화하면서 국내외 경제 위기도 눈에 띄게 나타나고 있다. 국제화 세계화(Glovalization)를 통한 경제 성장은 이제 옛이야기가 되었다. 비대면 시대가 되면서 국제 무역은 위축될 수밖에 없다. 코로나 사태 이후 4차 산업혁명은 더욱 가속화되고 주목을 받을 것이다. 인류의 생활공간이 온라인, 디지털 시스템으로 옮겨 가야 언택트(비대면), 즉 오늘날의 바이러스를 차단하는 방안이 될 수 있기 때문이다. 이것은 코로나19 같은 바이러스 대 창궐이 다시 일어나더라도 인류가 다시 생존할 수 있는 길이기도 하다.

코로나바이러스는 경제의 세계화, 생활의 도시화, 가치의 금융화, 환경의 시장화 등 모든 것을 무너뜨리고 있다. 세계적 자본주의적 문명을 떠받쳐온 체제들이 흔들리면서 인류문명은 완전히 새로운 방식으로 바뀐다. 전문가들은 코로나 사태 이전의 세계는 잊어야 한다고 말한다. 옛날 같은 인간의 가치관이나 민주주의가 작동하는 방식 또한 달라진다는 것이다. 어떤 역사에도 없는 새로운 길을 우리는 한 걸음 한 걸음 나아갈 수밖에 없다.

자본주의를 기본적으로 자유롭게 놓아두면 인간을 잡아먹는 야수가 된다는 의미로, 독일의 어느 총리가 즐겨 사용했던 말이 있다. 이제는 야수 자본주의에 고별을 할 때가 되었는지도 모른다. 코로나19 사태는 세상을 바라보는 시각, 세계를 바라보는 프레임마저 바꿔 놓았다.

이번 코로나 사태에서 우리의 대응 모델은 국제적으로 찬사를 받고 있는 것 같다. 정보기술(IT)을 활용하는 개인의 능력은 우리나라가 최고의 수준이다.

인구의 95% 이상이 스마트폰을 사용하고 있으니 코로나 사태에는 적응력이 높다고 보아야 한다. 코로나 사태에 중국은 전체주의적 대응을 했고, 미국은 자유방임적 대응, 일본은 관료주의적 대응을 했다. 우리 국민들은 자발적 참여로 함께 고통을 참으며 민주적 방식으로 대응을 했다. 뿐만 아니라 전 정권들이 다져 놓은 국민 의료보험제도, 진단키트 개발 등이 효력을 발휘하고 빛을 보았다. 인간은 무한한 욕망을 추구하는 속성을 가지고 있다. 하지만 코로나 사태 이후 행복의 척도는 바뀔 것이다. 적정한 행복이 무한한 욕망보다 우선시 될 것이다.

지식과 정보는 나날이 넘치고 새롭지만, 지혜는 변함이 없는 것이다. 인간은 몰라서 못하는 것이 아니라 알면서도 하지 않는다. 이제 어떻게 살아야 하는지를 우리는 이미 알고 있다. 그런데 지금도 그렇게 살지 않는 까닭은 무엇일까? 어리석은 자들이 세상을 지배하고 있기 때문이다. 자연과 인간이, 인간과 인간이 서로 도우며 공존해야 마땅하다. 공존을 싫어해 혼자서만, 자기들끼리만 더 많은 것을 탐하는 것이 문제다. 지구의 아픔, 타인의 고통 위에 권력과 부의 철옹성을 쌓는 자들이 날뛰는 세상이다. 한 줌도 안 되는 어리석은 자들이 세상을 지배하고 있기 때문에 어지럽다. 코로나19는 인간이 위대한 자연 앞에 순응하고 자연을 정복하겠다는 오만을 버리라는 교훈을 주는 사태다.

시린 한가위

조상의 은덕을 기리고 멀리 떨어져 살던 혈육들이 함께 모이는 추석이 다가오고 있다. 풍요로운 한가위는 오랜 세월 동안 우리의 전통적인 큰 명절이었다. 햇곡으로 만든 음식을 조상께 올리고 오랫동안 헤어졌던 가족 친지들이 만난다. 부모의 자식 사랑, 자식의 효심, 동기간의 우애를 확인하는 축제의 장이 우리의 전통적인 한가위다. 서양 사람들 추수감사절이 있다면 우리에게 한가위가 있는 셈이다.

아기 울음소리 그치고 노인들만 모여 사는 요즘 농촌 추석은 허전한 명절 기분에 잠기는 것 같다. 객지 사는 자식들은 설날과 추석날 교통체증 고생을 마다하지 않고 고향의 부모를 찾아뵙는 게 우리의 전통명절이다. 쓸쓸하고 고독한 노인들에게 한가위 명절은 너무도 기다려지는 시간일 것이다. 이런 시골 노인들이 올해는 '코로나19' 때문에 더 외롭고 쓸쓸한 시간을 보내게 될 것 같다. '비대면 추석'이라는 말 그대로 웃기면서도 서글픈 추석이 되고 있다.

코로나 사태가 발생한 연초부터 '사회적 거리두기'가 삶의 기본이 된 후 시골 노인들의 고립감은 더욱 심해졌다. 노인들의 쉼터였던 마을회관, 노인정은 모두 문을 닫은 상태다.

농한기에 마을회관은 주민과 노인들의 공동생활 공간이다. 지금 노인들은 각자의 집에서 하릴없이 우두커니 먼 산만 바라보는 가련한 신세가 되었다. 노인들의 쓸쓸함은 자식 손주들이 손잡고 휴가 오던 지난여름도 마찬가지였다. 코로나바이러스 창궐과 긴 장마로 각급 학교의 짧은 방학에 자녀들은 옛날처럼 선뜻 휴가에 나서지 못했다. 시골 노인들은 자식과 손주들 보고 싶은 마음을 짐짓 숨겼을 것이다.

'코로나19'가 재차 확산되면서 추석 전 행사인 벌초도 문제가 되었다. 벌초를 위해 외지에서 오는 방문객이 달갑지 않은 지방자치단체에서는 벌초 자제를 당부까지 하고 있었다. 재난안전대책 본부는 대놓고 '올해는 벌초 대행서비스'를 이용해 달라고 권고했다. 이런 사회 분위기에 노인들의 외로움이 끼어들 틈이 없다. 이처럼 암담한 상황이 오랫동안 이어져 오며 올해는 그럭저럭 지나가는 추석 대목이 될 것 같다.

전통 풍속도 중요하지만 역병 확산을 막으려면 접촉을 최소화해야 한다.

지자체들은 '방문 대신 전화로 인사 나누면 코로나 도망가고 효심 깊어진다'고 공공연하게 문자까지 보낸다. 어느 마을에는 동네 입구에 '아들딸들아! 이번 추석에는 고향에 오지 마라'는 플래카드가 내걸려 있다.

그렇지 않아도 고독을 달고 사는 노인들에게 지금의 코로나 사태
는 형벌과 같은 고통이다. 감옥이 따로 없다는 넋두리가 빈말이 아
니다. 노인들뿐 아니라 인간에게 사회적 고립감은 견디기 힘든 고
통이다.

조선 시대에도 홍역과 천연두 등 전염병이 있었다. 옛날에도 역
병이 발생하면 모임 금지, 외지인 마을 출입금지 등 사람이 모이거
나 섞이는 걸 통제하였다.

오늘날 신종코로나 바이러스 감염증(코로나19) 확산과 별반 다
르지 않았다. '사회적 거리두기'가 유일한 치료 방법이자 예방 수단
이었다.

방역 당국에서는 '코로나19' 확산을 우려해서 추석 민족 대이동
을 최대한 자제해 달라고 권고한다.

조선 시대에도 역병이 돌 때는 명절 차례를 지내지 않았다는 기
록이 있다고 한다. 한국 국학진흥원은 '1,500~1,700년대 선비들의
일기에서 역병으로 차례를 지내지 않았다는 내용이 다수 확인됐다'
고 밝혔다. 한국국학진흥원 측은 '코로나19'는 조선 시대 홍역과 천
연두에 비할 수 없을 만큼 파괴력이 강한 전염병이라며 '평화로운
일상을 하루속히 되찾기 위해 조선 시대 선비들처럼 이번 추석에는
차례를 포기하는 것도 필요해 보인다.'고 전했다.

부모님 건강과 안전을 진심으로 생각한다면 이번 추석에는 고향

방문을 최대한 자제하고 '비대면 차례'를 지내도록 해야 할 것 같다. 부모님으로서는 학수고대하던 손주 얼굴 못 보면 아쉽겠지만 이번만은 참으셔야 한다.

다행히 최근 코로나 확진자 수가 다소 감소 추세인 것 같다. 방역 수칙을 최대한 지키면서 시골 노인들의 쌓인 고독을 조금이나마 보듬어 드리는 명절이 되었으면 좋겠다. 속절없이 찾아오는 또 한 해의 가을이지만 코로나가 덮친 올해 추석은 가슴 저리는 명절 같다.

코로나 제사

'뭉치면 살고 흩어지면 죽는다'는 말은 우리에게 익숙한 말이기도 하다.

우리나라 건국 대통령 이승만 박사가 1945년 독립운동을 하고 미국에서 귀국했을 때다. 5만 군중이 모인 귀국 환영 대회에서 초대 대통령이 국민들 대동단결을 강조한 연설문 중 한 구절이었다. 흩트러진 백성들 마음을 한데 모아 나라를 세우기 위한 대국민 호소였다.

코로나 역병을 극복하기 위해 우리는 지금 방역지침으로 '사회적 거리두기'를 일상적으로 생활화하고 있다. '사회적 거리두기'의 취지는 일상생활에서 사람들이 '모이면 죽고 흩트러지면 산다.'는 의미를 내포하고 있는 것이다.

악의 꽃 코로나가 장기적으로 지구촌을 휩쓸면서 고통받는 사람들이 계속 늘어나고 있다. 코로나 감염으로 육체적 고통은 물론이고, 정신적 고통도 갈수록 위험 수준에 이르고 있다. 코로나 역병 증상에 따라 심리적 병리 상태가 신조어로 나돌기까지 한다. 코로나 블루 단계(Blue), 코로나 레드 단계(Red), 코로나 블랙 단계(Black).

코로나 블루 단계는 심리적 우울 단계로 가슴이 답답하고 두통에 어지럼증이 나타나며 우울감이 온다고 한다. 이런 증상들 가운데 가장 위험한 것이 우울증이다. 자해행위로 스스로 목숨까지 끊을 수 있는 가장 무서운 증상이다.

만남이나 활동의 자유를 구속받으면 인간은 분노하게 마련이다. 코로나 레드 단계는 분노 조절 장애를 일으키는 단계다. 사람은 스스로 분노 조절을 못하면 '욱' 하는 기분에 돌발적인 행동을 한다. 무차별적 폭언과 폭행 등으로 물의를 일으켜 반드시 후회를 한다.

코로나 블랙 단계는 블루 단계와 레드 단계가 합쳐져 우울감이 심화되고 심리적 좌절감을 느끼게 된다. 의욕을 잃을 뿐 아니라, 시야가 좁아져 부정적인 생각에 빠진다고 한다. 매사에 무기력하여 우울증이 극단에 이르는 것이다.

악의 꽃 코로나에 대하여는 확진 검사나 백신 주사 같은 물리적 방역도 중요하지만, 계속되는 '집콕' 같은 심리적 고통을 치유하는 방역도 무시해서는 안 된다.

아침에 잠자리에서 일어나면 외출해 하루하루를 자유롭게 활동하고 집에 들어와 잠자는 평범한 일상이 얼마나 행복한 순간들이었던가? 사람과 사람 사이에 허물없는 소통이 얼마나 큰 즐거움이며 사회를 힘차게 움직이는 원동력이었던가? 그 행복했던 순간들을 다시 찾기 위하여 우리는 하루하루를 조심스럽게 살아가고 있다.

코로나를 극복하기 위해서는 '뭉치면 죽고 흩어지면 산다.'는 마음의 자세가 필요한 시대다.

그동안 귀가 따갑도록 들어온 사회적 거리두기, 마스크 쓰기, 손씻기, 확진자 이동 경로 추적 협조 등 국민들은 방역 수칙을 모범적으로 지켜 오고 있다.

악의 축 코로나를 바라보며 불편하지만 묵묵히 살아가는 우리 국민들은 지혜로운 사람들이다.

설 명절을 코앞에 두고 우리는 또 하나의 절벽 앞에서 마음의 고통을 앓고 있다. 가족끼리라도 네 사람 이상 모이면 안 된다는 방역 지침(사회적 거리두기)은 조상들에 대한 차례상 준비에도 차질을 빚고 있다. 동기간이나 당내 간 친척들은 말할 것 없고, 부모와 자식 간에도 다섯 사람 이상은 한자리에 모일 수가 없으니…. 코로나 역병은 살아있는 사람들 만남도 방해를 하더니, 이제는 조상들과의 인연마저 끊으려 하는 것 같다.

몇 년 전부터 제사가 큰아들네 집으로 갔으니 나는 올해 설날은 차례에도 참석을 못 할 것 같아 안타까운 심정이다. 전통적 명절을 맞아 가족들끼리 하는 행사니 크게 문제 될 것이 없다고 생각을 했지만 착각이었다. 제3의 고발자들이 사진을 찍고 신고하면 벌금이 부과된다고 한다.

설과 추석에 조상을 위해 올리는 예禮는 기제사와 달리 차례茶禮라고 했다. 조상님들께 가족들 안녕을 기원하는 의미로 인사를 드리는 것이다. 그러므로 설과 추석에는 계절에 맞는 음식을 준비해

제사를 올린다.

　제사란 조상에 대한 추모와, 흩어져 있던 자손들이 만나 자리를 함께하는 축제의 의미도 있는 것이다. 설과 추석은 서양 사람들 추수감사절처럼 축제의 의미가 더 클 것 같다. 올해 설 차례는 큰아들과 며느리, 두 손자가 모실 것이다. 큰아들네 네 식구가 절하는 모습! 화상畫像으로나마 볼 수 있을는지.

코로나 봄

어느새 '코로나19'와 맞는 두 번째 봄이 찾아왔다.

빼앗긴 들에도 봄이 오듯이 코로나 감염증으로 온 나라가 어수선해도 봄꽃은 어김없이 활짝 피고 있다. 아파트 단지 여기저기 노랗게 핀 개나리꽃 언덕이 환상적이다. 길갓집 울타리 너머 마당가에는 탐스러운 목련꽃이 청순함을 뽐내고 있다. 올해도 도봉산 입구 등산로에는 울긋불긋 진달래꽃이 행인들을 맞는다. 진달래꽃은 볼 적마다 한이 서린 슬픈 모습 같아 안타까운 마음이다.

여전히 하루 300~400명 확진자가 나오고 KF 마스크를 쓴 채이지만 기나긴 겨울을 견뎌낸 뒤 맞이하는 새봄이 반갑기만 하다. '사회적 거리두기'로 한자리에 앉아 담소를 나누는 작은 기쁨도 누릴 수 없는 봄이지만 동토凍土에 새싹이 나오고 아름다운 꽃을 피우는 대자연의 위대함에 다시 숙연한 마음뿐이다.

'지금은 남의 땅/ 빼앗긴 들에도 봄은 오는가?

나는 온몸에 햇살을 받고/ 푸른 하늘 푸른 들이 맞붙는 곳으로 가르마 같은 논길을 따라/ 꿈속을 가듯 걸어만 간다.

··· 중략···

그러나 지금은/ 들을 빼앗겨 봄조차 빼앗아 가겠네.'

일제 치하에서 민족적 울분과 저항을 노래한 '빼앗긴 들에도 봄은 오는가'. 이상화 시인의 시다. 나라를 잃은 망국한亡國恨과 저항 의식을 주축으로 일제 식민지 치하의 한이 서린 글이다. 가난하고 굶주림 속에서 살아가는 농촌 아낙네들이 흘리는 뜨거운 눈물과 소박한 감정에서 우러나는 무언의 반항 의식을 나타내고 있다. 동족애와 식민지 비애를 극복하고 일어서는 저항의식을 보여주고 있는 것 같다.

지금 우리는 땅과 나라를 빼앗기지는 않았지만 이태째 일상日常과 평화를 잃고 세상을 살아간다. 계절의 봄은 왔지만 코로나와 함께 하는 봄은 봄 같지가 않다. 그리운 이들끼리의 만남이나 여행도, 담소를 나누는 즐거운 식사도, 보고 싶은 영화나 연극도, 피로에 지친 육신을 풀어주던 사우나까지도···.

무엇 하나 마음대로 할 수 있는 세상이 아니다.

춘래 불사춘春來不似春!

'봄이 왔어도 봄이 아니다'라는 고사성어가 새삼 떠오르는 시절이다. 절기로 보면 분명 봄이지만 봄 같지 않은 추운 날씨가 이어질 때 쓰이는 말이기도 하지만, 좋은 시절이 왔어도 상황이나 마음이 아직 여의치 못하다는 은유적 의미로 더 자주 쓰이는 말이다.

중국 한나라 원제(기원전 38년)는 국력이 몹시 약해져서 북방 오랑캐인 흉노족과 화친을 할 수밖에 없었다. 원제는 흉노 족장(호한야)을 불러 성대한 연회를 베풀어 환대해 준다. 산해진미에 아름다운 궁녀들을 불러들여 술을 따르게 하며 환대를 하였다.

흉노 족장 호한야는 절세미인이며 원제의 후궁인 왕소군을 지목하고 결혼하겠다고 한다. 원제는 울며 겨자 먹기로 사랑하는 후궁 왕소군을 빼앗기고 슬퍼하며 한탄을 하였다. 춘래 불사춘. 봄이 와도 봄이 아니라는 말은 단순히 외롭고 힘든 마음의 표현을 넘어 자신의 현재 처지나 환경에 대한 비관에서 나온 말일 것이다.

올봄도 이름하여 '코로나의 봄'으로 해야 할 것 같다. 계절이 되어 세상은 꽃이 만개하고 어김없이 봄이 찾아왔지만 봄을 맞는 마음은 옛날 같지가 않기 때문이다. 야속한 '코로나 팬데믹'이 세상을 바꾸어 놓고 있는 것이다.

평소 같으면 제주도나 강원도는 봄꽃 축제로 유채꽃 장관을 만끽하려는 상춘객들로 붐빌 관광지다. 지금은 아름답게 피어난 유채꽃 들녘을 모두 갈아엎어 버렸다. 여의도 윤중로에 화사하게 피어난 벚꽃 길도 사람들이 많이 모일까 봐 아예 통제를 하는 모습이다. 온라인으로 개학하는 학교들은 봄날 가장 활기차고 희망이 넘쳐야 할 교실과 운동장이 마냥 썰렁하기만 하다.

봄이 실종된 듯 보이지만 계절의 봄은 찾아오고 꽃은 화사하게 피어있다.

우리들 일상과 행복을 빼앗아 간 코로나 들녘에도 어김없이 찾아온 봄이다.

'코로나 팬데믹' 역경을 이겨 내야 하는 처량하고 비장한 봄이 되는 것 같다.

포근하고 아름답던 옛날의 봄은 우리 모두의 바람이다.

정말 소중한 사람이라면

늘 배려하고 따뜻하게 대해 주어야

잊히지 않는

소중한 인연으로 남는다.

2부

측은지심

측은지심이란 연약한 사람을 돌봐주고, 고난에 빠진 사람을 도와주는 것으로서, 자비나 선을 베풀고 생명을 가진 것을 두루 사랑하는 일이다. 인간의 선의로부터 나오는 것이며, 착하고자 하는 마음이고, 착하게 살려고 하는 의지다.

무신불립無信不立

정치인과 수오지심羞惡之心

공짜천국

아빠찬스, 엄마찬스

추석 민심

후안무치厚顔無恥

인생무상人生無常

성군聖君과 충신忠臣

측은지심惻隱之心

내로남불

무신불립無信不立

　정치의 목적은 국민의 생명과 재산을 지켜주고, 백성들이 행복하게 살 수 있도록 하는 것이다. 국정의 책임자는 사회의 안녕과 질서를 유지해 국민들을 평안토록 해야 한다. 인류의 성현聖賢 공자는 2,500여년 전 정치가 무엇인가를 이야기했다. 정치가 무엇이냐고 묻는 제자에게 "식량을 풍족하게 하고, 군비를 튼튼하게 하며, 백성이 믿도록 하는 것"이라고 답했다. 민생과 경제문제, 국방과 외교정책, 백성과 통치자 간의 신뢰를 정치의 기본 요소로 보았던 것이다.

　백성들은 식생활이 풍족하고 사회가 안정되면 태평성대太平聖代라고 하였다. 외침을 막아내고 나라를 잘 지키려면 국방과 외교가 튼튼해야 한다. 국력이 튼튼하여 국민들 일상생활이 안정되면 백성들은 나라를 믿고 국가에 충성을 한다. 국가나 통치자에 대한 믿음, 국민 상호 간의 신뢰, 무엇보다도 생활의 안정에서 얻을 수 있는 미래에 대한 희망이 더욱 소중한 것이다. 공자는 백성들에게 자신감과 신의성실의 정신을 불어넣는 것을 통치의 정신적 기반이라고 생각한 것 같다.

21대 국회의원을 선출하는 4.15 총선이 집권 여당의 압도적인 승리로 끝났다. 선거가 끝난 지 한 달이 가깝도록 SNS를 비롯하여 각종 매체에서 선거 뒷이야기가 그치지 않고 있다. 선거도 상대 간의 경쟁이기 때문에 일종의 게임이다. 스포츠처럼 게임 결과를 평가 분석할 수는 있겠지만, 승부가 끝난 게임에 대한 시시비비가 오래 계속되는 건 우리를 짜증 나게 한다.

여당이나 현 집권세력은 3년여 국정운영을 하며 실패를 거듭해 왔다. 사방천지 외톨이 취급을 받는 외교정책, 구걸하고 뺨 맞는 격인 대북정책은 국민들 자존심을 너무나 상하게 했다. 급격한 최저임금 인상, 소득주도 성장이라는 경제정책, 탈원전, 고용 참사…. 정부의 경제정책 전반은 누가 봐도 낙제점이다.

3·15 부정선거 수준이라는 울산시장 선거의혹, 민심을 뒤집어 놓고 국민들을 열 받게 한 '조국 사태'는 국민들을 갈등의 계곡으로 추락하게 했다. 백성들이 양편으로 갈려 서로 비난하고 증오하는 국가에서 믿음과 신뢰가 있을 수 없다. 국민들이 대화합을 도모하지 못하는 건 이유 여하를 불문하고 최고 통치자의 책임이다.

야당의 무능과 집권세력의 우민정치愚民政治로 현 정권에 대한 평가를 제대로 하지 못한 것 같다. 우민정치란 지배계급이 민중의 정치의식을 둔화시키고 비판력을 빼앗음으로써 정치체제의 안정을 도모코자 하는 것이다. 젊은이들 일자리는 줄어드는데 세금으로 노인들 일거리 만들어 놓고 고용인구 늘었다고 하는 정부, 나랏빚 늘려 집집마다 100만원씩 주겠다는 약속이 함박눈처럼 날리는 포퓰리즘 정치가 국민들 정치의식을 둔화시켰다. '코로나19' 역병도 우민정치를 돕는 효자 노릇을 했다. 정부는 초기에 코로나 발생 지역인 중국의 감염원 차단을 하지 않아 바이러스 초기 진압에 실패했다.

의사협회를 비롯한 전문가들 건의를 무시하고 정치 논리로 접근한 것이 실패 원인이었다. 국내 의료진을 비롯한 전문가들의 피나는 노력과 희생정신, 국민들의 성숙한 시민의식이 코로나 진압에 공헌을 했다. 뿐만 아니라 전 정권들이 마련한 의료보험 제도나 의술(진단키트) 덕분에 선진국들보다 사망자가 적었다. 국가의 장래보다는 집권세력의 정권연장을 위한 인기정책은 포퓰리즘이고 우민정치다.

자공이라는 제자가 질문을 하며 공자의 정치 이야기는 더 계속된다. 부득이한 사정으로 정치의 3요소(식량, 군비, 신뢰) 가운데 하나를 포기하려면 어떻게 해야 하는지 묻는 제자에게 공자는 군비를 포기하라고 했다. 굶주리는 백성들을 두고 강한 군비는 사상누각沙上樓閣에 불과하기 때문이다. 불가피한 사정 때문에 나머지 정치 2요소(식량, 신뢰) 중 어느 것을 포기해야 할 것인가 하는 물음에 식량을 버리라고 했다. 인생에서 사람은 한 번은 죽는다. 한번은 죽어야 할 인간 생명을 더 유지하기 위해 신의라는 도덕을 버릴 수 없다는 성현의 신념을 토로한 것이다.

지금의 선진국들이 수백 년에 걸쳐 이룬 경제발전과 민주국가 수립을 우리는 반세기 남짓한 단기간에 이룩한 것이다. 전 세계 사람들이 '한강의 기적'이라며 칭찬하고 우리를 부러워했다. 그러나 지금 우리나라 정치인들은 구시대의 의식을 벗어나지 못하고 있다. 백성과 나라를 위한다고 말은 하지만 정권 욕심이 먼저인 것 같다. 국민에게 한 약속을 헌신짝 버리듯 하고, 정치적 언행을 보면 거짓말을 두려워하지 않는다. 政治(정치)는 正治(정치)라고 했다. 정직하지 않으면 정치인 자격이 없는 것이다. 우리는 언제나 정치 선진국이 될 수 있을는지?

정치인과 수오지심羞惡之心

우리는 사람들이 많이 모이는 쉼터나 길가에 외로이 앉아 있는 위안부 할머니 동상을 심심치 않게 볼 수 있다. 수줍은 듯 무표정하게 앉아 있는 소녀 모습이 가련해 보이기도 했다. 어느 착한 시민은 아무도 모르게 동상에 꽃다발을 걸어 놓았다. 위안부 할머니들 동상을 바라볼 때마다 측은한 마음이 떠오르고, 나라를 빼앗겼던 서글픈 역사가 생각나 늘 우울한 기분이었다. 일본군 위안부 문제는 친일이다, 반일이다 하며 정치적 논란도 많았다.

위안부 문제를 다뤄온 시민단체 '정의기억연대(정의연)' 사태가 일파만파로 나라를 시끄럽게 달구고 있다. 아직도 생존해 계신 한 위안부 할머니가 '정의연'의 회계부정 의혹을 폭로했기 때문이다. 하룻밤을 자고 나면 새로운 의혹들이 쏟아져 나오고 있다. 열 손가락을 꼽아도 못다 할 만큼 많은 의혹들이다.

화제의 주인공인 '정의연' 총책임자 윤미향 씨는 현재 여권의 국회의원 당선인 신분이다.

윤 씨가 이사장직을 맡았던 '정의연'에 들어간 국고보조금 8억원이 증발되었고, 위안부 할머니들을 돕기 위해 국민들부터 모금한 많은 액수의 기부금 사용에 의혹이 제기되고 있다. 검찰 수사와 사법부 판단으로 결론이야 나겠지만 윤 씨의 수치도 모르고 해명도 않고 사죄도 없는 몰염치가 국민들을 분노케 하는 것이다. 문제는 본인이 부끄러움도 모르고 당당하게 맞서겠다며 항변을 하고, 여권에서는 "위안부 사죄와 배상 요구를 무력화할 욕심을 가진 세력의 음모"라며 윤 씨를 감싸고 있기 때문이다. 정부의 국고보조금, 국민들로부터 모금한 기부금 관리가 허술하고 황당하게 밝혀지고 있는데도 본인은 의혹을 부인하고 여권 정치인들은 그를 두둔하고 있는 것이다.

2019년 우리나라는 '조국 병'이라는 별명의 나라 병에 시달리며 어려운 한 해를 보냈다. 정의, 공정, 평등의 화신인 양 그의 말들은 많은 사람들로부터 박수와 갈채를 받았다. 젊은이들은 감동했고 그의 인기는 하늘을 찌를 듯했다. 그러나 그의 자녀들 대학입시 부정과 그 가족들이 연루된 각종 비리 의혹들이 터졌을 때 국민들은 허탈하고 분노했다. 사이비 정의를 부르짖던 그의 표리부동한表裏不同 처신과 이중인격에 국민들 분노가 폭발했던 것이다.

자기의 불의不義 소행에 대하여 수치심도 부끄러움도 없었고, 지지 세력들은 불의에 대한 증오심은 고사하고 오히려 그를 두둔하느라 열을 올렸다. 검찰개혁이라는 명분을 내세우며 조국 수호를 위한 대규모 집회를 열었다. 정의가 사라지고 세상이 거꾸로 돌아가는 듯한 착각에 빠지는 느낌이었다.

'정의연의 윤미향 사태'도 마찬가지다. 비리 의혹들이 계속 드러나고 있는데도 그들 잘못을 지적한 위안부 할머니를 '친일'로 몰아붙였다.

조국 사건으로 기소된 청와대 출신은 여권 비례대표 국회의원 당선인 신분으로 국영방송에 나와 조국 보도를 비판하는 코미디를 연출했다. 윤미향 사태도 조국 사태만큼이나 우리를 질리게 한다. 중대한 잘못이 명백하게 드러나도 부끄러워하기는커녕 고개를 빳빳이 세운다. 사죄는 고사하고 잘못을 지적하는 사람들을 욕한다. 해명도 하지 않고 제기된 문제와 상관도 없는 다른 일로 상대를 몰아세운다. 모든 게 몰염치를 상징하는 '조국 병'인 것이다.

권력을 감시해야 할 시민단체가 권력화하고 비리를 저지르는 기이한 사회현상이 벌어지고 있는 것이다. 옛날에는 그래도 뭔가 잘못한 사실을 지적받으면 부끄러워하는 척이라도 했다. 처음에는 부인하다, 마지못해 인정하고, 억지로라도 사과하며, 겉으로라도 책임지는 모습을 보였다. 지금의 사회병리 현상은 도덕성이 완전히 상실된 부끄러운 나라의 모습이다.

맹자는 모든 인간이 공통적으로 가지고 있는 '인간 존재의 본질'을 4가지로 이야기했다. 백성에 대한 동정심과 사랑의 마음인 측은지심(惻隱之心;仁), 자기 잘못에 대한 부끄러움과 다른 잘못에 대한 미워하는 마음(羞惡之心;義), 한 발 물러나 다른 사람에게 양보할 줄 아는 사양지심(辭讓之心;禮), 옳고 그름을 판단할 줄 아는 시비지심(是非之心;智)이다.

특히 정치인들이 각성해야 할 덕목으로 수오지심을 꼽았다. 정치인은 자기가 저지른 잘못을 인정하며 부끄러워할 줄 알고 염치가 있어야 한다. 잘못을 저지른 이가 내 편이라고 해서 그 잘못을 미워하지 않는다면 올바른 인간이 아니다. 수오지심을 모르는 정치인이 들끓는 세상이 되고 있는 것 같아 안타깝기만 하다.

공짜천국

대한민국은 지금 공짜천국 같다.

공짜 복지, 공짜 현금, 코로나 역병 공짜 치료, 공짜 교육 등등…, 공짜가 온 나라를 휘몰아치고 있는 느낌이다. 국가가 국민의 복지를 보장하는 건 당연한 일이다. 그러나 현 정권 들어선 후 중앙정부와 지자체의 현금 복지가 수백 종이 넘는다니 도저히 믿어지지 않는다.

이렇게 씀씀이가 방만해지니 정권 초에 660조 원이던 국가 채무가 내년에는 1,100조 원에 육박할 전망이다. 2021년 나라 예산 558조 원의 두 배가 넘는 액수다. 부채, 이자만 갚느라 한 해에 20조 원이 들어가야 한다.

천문학적 빚을 내 국민에게 공짜를 베푸는 전형적 포퓰리즘 정책이다.

지구상에서 정권 유지나 장기집권을 위해 포퓰리즘의 마약으로 망하는 나라들을 우리는 심심치 않게 보고 있다.

서울에서 말뚝을 박으면 지구 정반대 편에 막대기가 나오는 곳이 남미대륙 '아르헨티나'라고 한다. 1960년대만 해도 이 나라는 우리나라보다 훨씬 더 부유했다. 6살짜리 어린애한테도 주치의가 배정되고 교육은 초등학교부터 대학까지 무상교육이었다.

공짜도 세 번을 받으면 권리가 된다고 한다. 땀 흘리지 않고 공짜에 취한 사회주의를 지향한 나라치고 망하지 않은 국가가 없다. 아르헨티나는 9번째의 '국가디폴트(채무불이행; 파산 직전의 국가 부도 상태)로 세계의 골칫덩어리 국가 신세다.

인류문화의 출발지이고 유럽 정신문화의 발상지이자 자존심이었던 아테네 그리스도 마찬가지다. 실업 문제를 해결하기 위해 공무원 수를 늘리고, 그 공무원들은 퇴직 후 재임 시 받았던 95%를 현금으로 받았다. 교육도 대학까지 무료였고 결국 공짜에 못 견디고 망했다. EU 연합과 IMF로부터 구제 금융을 받으며 빚에 쪼들렸다. 항구를 중국에 매각하고 아름다운 섬들도 팔아먹었다.

해가 지지 않는 나라, 요람에서 무덤까지 복지를 자랑했던 영국이다. 공짜 복지에 병들고 강성 노조에 휘둘려 망해가는 '영국병'을 치료한 사람은 '대처' 수상이었다. 그녀는 강성 노조와 정면으로 대결하고 물러서지 않았다.

파업으로 장례식장에 시체가 쌓이고 썩는 냄새가 런던 시내를 덮쳐도 물러서지 않았다. 결국 공짜 병을 앓던 영국을 치료했고 그래서 그녀의 별명이 '철鐵의 여인'이다.

땀 흘리지 않는 자들이 땀 흘려 일하는 사람의 등을 처먹고 사는 것은 잘못된 것으로 규정하고 악의 고리를 끊은 것이다. 강성 노조에 휘둘리며 무기력한 우리 정부가 배워야 할 교훈 같다.

지금 같은 상태라면 대한민국도 망하지 않는다는 보장이 없다.

정부는 '코로나19' 위기에 대응해 5차 긴급재난 지원금을 지급한다고 발표했다. 88%의 국민들에게 25만원의 공짜 돈을 준다는 것이다. 도대체 무슨 근거로 국민 88%는 공짜로 지원금을 받고, 12%는 못 받는지 명쾌한 설명도 없다. 연간 소득이 1억 원을 넘어도, 공시가격 10억 원이 넘는 집에 살아도 재난지원금을 줄 모양이다. 형편이 괜찮은 사람도 그렇지 않은 사람도 25만 원씩 받게 된다. 결국은 공짜로 주는 재난지원금의 실용성도 효과도 떨어지기 마련이다.

공짜 좋아하는 대중심리를 겨냥해 헛돈만 뿌리는 꼴이다. 문제는 국가의 재정상태 악화와 천문학적 나랏빚이다. 무차별적 재난지원금을 살포하기 위해 계속 추경예산을 세우고 있다. 지난해부터 매년 100조 원 안팎의 나랏빚이 쌓이고 있다. 북한이 가장 두려워한다는 우리 공군의 핵심 전략무기 F35A 스텔스 전투기 구입예산을 삭감해 재난지원금에 편성하고 있다. 표를 위한 선심용 예산을 편성하느라 국가 안보마저 허무는 정부에 신임이 가지 않는다. 집권자들은 나랏빚을 져 놓고 정권이 끝나도 책임을 지지 않는다.

2016년 5월 5일 스위스에서는 국민투표가 있었다. 전 국민에게 보편적으로 기본소득(300만 원)을 주기 위해 국민 의사를 묻는 투표였다. 70% 이상 국민 반대로 공짜 돈 잔치는 무산되었다. 스위스 사람들이 어리석고 공짜 돈을 싫어해서 그랬을까? 그들은 나랏빚을 지지 않고 후세대들에게 건전한 나라 살림을 물려주기 위해 코앞의 공짜 돈을 거절한 것이다. 스위스 사람들 슬기와 지혜가 부럽다.

코로나를 빙자하고 국민을 속이며 퍼주는 공짜 돈과 복지에 나라가 빚더미에 앉아도 되는 것인가? 이것은 포퓰리즘의 전형이다. 어린 시절부터 공짜에 병이 들면 누가 치료를 하겠는가. 그들은 마약처럼 더 강력한 공짜 복지를 원할 것이다. 정권은 일시적이지만 나라와 백성은 영원한 것이다. 국민들을 공짜에 병들게 해 놓고 정권이 떠난다고 책임이 없는 것인가?

그들은 역사 앞에 대죄大罪를 짓고 있는 것이다.

아빠찬스, 엄마찬스

　정의와 지성의 화신처럼 젊은이들로부터 찬사와 갈채를 받던 한 법학 교수가 있었다. 정권이 바뀌자마자 그는 통치권자의 최측근이 되어 국정 운영에 참여하고 있었다. 그런데 어느 날 세상이 거꾸로 뒤집히는 듯한 놀라움에 많은 국민들은 실망하고 분노했다.

　지성 있고 정의로워 보였던 전직 교수는 표리부동한 위선자라는 의심을 받기 시작했다. 딸의 논문 문제와 인턴경력 증명서, 장학금 관련 의혹들이 속속 제기되었고 법무부 장관 자리를 내려놓아야만 했다. '아빠찬스'라는 특혜로 그 딸은 명문대학과 의학 전문대학원에 입학을 하였다. 보통 청년들의 기회를 빼앗은 불의와 불공정을 저지른 것이다.

　법무부 장관으로 '검찰개혁'을 외쳤지만, 검찰 피의자가 된 그의 부인이나 그 가족들이 그 개혁의 첫 번째 수혜자가 되기도 했다. 부인과 함께 한 사모펀드 투자는 사회적 물의를 크게 일으키고 있으며 법의 심판을 기다리고 있다.

　법의 심판 이전에 공직자로서 윤리와 도덕성이 완전히 추락하고 말았다. 그런데 세상을 더욱 놀라게 하는 것은 그를 지지하고 비호하는 세력들이 세상을 시끄럽게 하고 있는 것이다. '검찰개혁 적임자'라 그를 지지한다고 한다. 그들의 양심과 정의는 무엇인지 궁금할 뿐이다.

많은 국민들 반대 여론에도 불구하고 그를 법무장관에 임명했던 통치권자는 그에게 마음의 빚을 졌다고 했다. 전직 법무장관은 부인이 재판을 받는 법정에서 증인으로 '형사소송법 148조를 따르겠다'는 똑같은 말을 300번 이상하며 전직 고위 공직자로는 성실하지 못한 태도를 보였다.

청문회장에서 '불환빈 환불균不患貧 患不均'을 다짐한 여성 법무부 장관이었다. 야당 국회의원들 질의에 오만스럽고 불손한 표정을 짓기도 했다. 그 아들 군 복무 과정의 위법성을 묻는 국회의원 질의에는 '소설을 쓴다'며 조롱도 서슴지 않던 사람이다. 현직 법무장관 아들 '서 일병' 군 복무와 관련된 각종 의혹이 지금 온 나라를 시끄럽게 하고 있다. 현역 일등병에게 23일의 장기간 휴가는 상상하기 힘든 사건이다. 군 생활을 해 본 사람이면 누구나 하는 이야기다. 수많은 군 관계자들과 군 출신 젊은이들이 '있을 수 없는 특혜'라고 말하고 있다.

집권 여당의 당 대표를 지낸 막강한 권력을 쥔 법무부 장관이다. 검찰개혁의 적임자라는 전임자가 중도 하차한 자리에 들어선 사람이다. 나라의 법질서와 기강을 바로 잡아야 할 중요한 자리다. 여성 법무장관은 부임 직후부터 자신과 여권 인사들에게 불리한 수사를 한 검사들은 좌천을 시키고, 자기 입맛대로 처리한 검사들은 영전을 시켰다. '살아있는 권력도 수사할 수 있는 사람'이라며 임명한 검찰총장이 일을 할 수 없도록 그의 수족들을 잘라 버리는 비상식적 인사를 단행했다.

국방부에는 아들의 휴가 특혜와 근무지(통역병) 청탁, 외교부에는 딸의 비자발급 독촉 등 자식들을 위해 보통사람들은 할 수 없는 일을 하였다. 현직 법무장관의 의혹은 군까지 망가지고 있는 것 같다. 서 일병의 의혹이 군기가 생명인 군대에서 멋대로 근무지를 이탈해도 어물쩍 넘어갈 수 있다는 선례가 될 수 있다. 여성 장관을 두둔한다고 내놓는 여권 반응은 국민들을 실망시키고 있다. 국방부는 서 일병 사건에 남의 일처럼 방관하거나 여권에 유리한 해석만 내놓고 있다.

앞으로 국군장병들에게 어떻게 군무 이탈죄를 묻겠나. 젊은 병사들이 '서 일병은 괜찮고 왜 우리만요?'라고 따지면 뭐라고 답해야 하나. "가재, 붕어, 개구리 주제에 감히 용을 넘보느냐고" 찍어 누르려는 것인가. 권력자의 '아들을 위한 찬스 쓰기'가 60만 국군의 기강을 허물고 있는 것 같다.

오늘의 정치권 사람들은 높은 사회적 신분에 상응하는 도덕적 의무(Noblesse Oblige)를 모르거나 망각하고 있는 것 같다. 여성 법무장관이 얘기한 불한빈 환불균不患貧 患不均은 논어 계씨 편에 나오는 공자 말씀이다. 나라를 다스리는 자는 적은 것을 걱정하지 않고 고르지 못한 것을 걱정하며, 가난한 것을 걱정하지 않고 편안하지 않은 것을 걱정한다는 의미다. 정치가 공정하고 정사가 공평해야 한다는 2500년 전 성현의 말씀이다.

전 현직 두 법무장관은 자신들의 지위와 권력으로 자식들을 위해 찬스를 쓴 사람들이다. 이 정권 들어서 '기회는 균등하고 과정은 공정하며 결과는 정의로울 것'이라고 했던 국정철학은 온데간데없이 사라져 허탈한 기분이다.

추석 민심

'코로나19'로 고향 가는 길이 쉽지는 않겠지만 그래도 우리의 전통명절 추석은 추석이다. 매년 차례상 머리에서는 늘 '추석 민심'이라는 게 나온다.

언제나 추석 민심은 정국 흐름의 가늠자 역할을 해 왔다. 비대면 추석으로 예년만큼 이동이 자유롭지 않더라도 서로의 마음을 통해 전해지는 '민심 풍향계'는 이번에도 돌아갈 것이다.

추미애 법무장관 아들 휴가 미복귀 의혹에 대한 검찰 수사 결과가 무혐의로 끝났다. 사건 접수 후 9개월 동안 미적거려 오다 추석을 이틀 앞두고 서둘러 마무리 지었다. 예상했던 대로 수사 담당 검사들의 인사권자(법무장관)에게 면죄부를 준 듯한 수사 결과라는 게 법조인들 의견이다. 무혐의로 불기소 처분은 되었지만, 법무장관이 국회에서 27차례나 거짓말을 했다는 사실은 고스란히 드러났다. 국민의 대표기관인 국회에서 한 거짓말은 국민을 속인 것이다.

실정법 위반으로 처벌을 받는 것보다 더 커다란 문제는 불기소 처분을 받은 법무장관의 가증스러운 태도다. 사건을 보도한 언론들에게 무관용 원칙대로 대응하겠다고 했다. 뿐만 아니라 자기 아들 병역비리 의혹을 질의한 국회의원들에게는 모든 법적 수단을 강구할 것이라고 했다. 추미애 장관은 국민들을 향해 협박하는 것이나 마찬가지다.

미국의 닉슨 대통령이 중도 사퇴한 것은 불법 도청 장치 설치보다 거짓말을 한 것 때문이었다. 윤리와 도덕은 법보다 먼저다. 부실 수사에 대한 조치가 있거나 특검 수사가 이루어지지 않으면 대다수 국민들은 이 사건 수사 결과를 믿으려 하지 않을 것이다.

연평도 해역 공무원 피살 사건은 국민들을 분노하고 슬프게 하는 또 하나의 사건이다. 북한은 전시도 아닌 평시에, 군인도 아닌 비무장 민간인에게 총을 쏘아 사살하고 시신을 불태우는 만행을 저질렀다. 우리나라 공무원의 피격 사건을 두고 북한 눈치만 보며 어떻게든 뭉개 보려는 정부 여당의 행태는 목불인견目不忍見이다. 북한 최고 통치자의 '미안하다'는 말 한마디에 감동하는 듯한 대통령과 여권 정치인들이 한심하게 보인다.

더구나 정부는 사고의 책임이 살해된 공무원이 월북을 시도하려 한 것이라고 사건을 호도하고 있다. 그러나 사건의 본질은 월북 여부 문제가 아니라 국가가 국민의 생명을 제대로 지켜주지 못한 데 있다. 헌법정신에 따르면 국가는 한 사람의 국민 목숨이라도 꼭 지켜줘야 마땅하다.

이번 사건에서 우리의 대통령은 가해자 측에 대하여 한마디 항의도 하지 않았다. 오히려 살해 책임자를 각별하게 받아들이는 눈치였다.

똑같은 민주공화국 대통령으로서 우리나라와 미국 대통령은 너무도 다른 것 같다. 2018년 5월 9일 북한에 억류된 지 1년 만에 풀려난 재미교포 김학송 씨(미국 시민)에 대한 트럼프 대통령의 행동은 인상적이었다. 자기 나라 국민이 북한으로부터 풀려난 다음 날 새벽 2시 40분 미국 대통령은 부인과 함께 비행기 안으로 들어가 그를 맞아주었다.

미국 국적의 김 씨는 '미국은 국민을 끝까지 책임지는 국가라는 것을 온몸으로 느꼈다'고 했다. 피살된 연평도 해역 공무원에 대한 우리나라 대통령이나 국가가 하는 일은 북한의 눈치 보는 일이 전부인 것 같다. 북한에 대한 항의 한 번 제대로 못 하고 있다. 피살 사건에 미안하다고 한 북한 최고 통치권자를 '계몽 군주'라고 궤변을 하는 여권 인사도 있다.

시린 추석 한가위이었지만 '나훈아 특별쇼'가 많은 국민들을 즐겁게 해 주었다. 대중가요 가수이었지만 노래 못지않게 그는 말도 잘하는 것 같았다.

'왕이나 대통령이 국민 때문에 목숨을 걸었다는 사람을 한 번도 본 적이 없다'고 사이다 발언을 했다. 이 나라는 모두 보통 국민이 지켰다는 명언에 가까운 말까지 했다.

누구보다도 올바른 자세가 필요한 법무장관이 거짓말을 하고도 아무런 책임을 지지 않고 있다. 그러고는 검찰개혁을 하겠다고 하니 어느 국민이 그걸 누가 믿겠는가.

우리나라 국민이 그것도 공무원이 비명에 사망했는데 죽인 이를 탓하기보다 죽은 사람에게 책임이 있는 듯한 말을 어렵지 않게 내뱉는다.

행여나 두 사건을 대충 뭉개면서 추석 민심을 추슬러보려 한 건 아닌지 모르겠다. 민심은 천심이라고 했다. 그래서 민심은 무서운 것이다.

두 사건의 본질을 손바닥으로 가린다 해도 오래가지는 못할 것이다. 또 본질이 바뀔 수는 없는 것이다.

후안무치 厚顔無恥

후안무치라는 말이 있다. 얼굴이 두꺼워 수치스러운 줄 모른다는 말이다.

수치스럽다는 것은 부끄럽고 창피한 느낌을 말한다.

사람이 잘못된 행동을 했으면 최소한 얼굴이라도 붉어지는 게 너무도 당연하다. 요즘은 세상이 너무 크게 변하고 있는 것 같다. 스스로의 잘못에 대한 수치심을 모르는 사람들이 날뛰는 세상이니.

복잡한 지하철 안에서 빈자리가 생기면 저만큼 떨어진 거리에서 가방을 던진다. 유격대 병사처럼 날쌔게 몸을 날려 빈자리를 먼저 차지하는 아주머니가 있다. 출퇴근 시간에 마을버스 정류장에 사람들이 길게 줄을 서 있다. 한 청년이 새치기를 하고는 누구와 태연하게 전화를 한다. 엘리베이터를 타서 정원초과로 경보음이 울린다. 맨 마지막 탄 나이 지긋한 아저씨는 시침을 뚝 떼고 다른 사람이 내리기를 기다린다.

일상생활에서 겪게 되는 소시민 보통사람들 이야기다. 나라와 백성을 걱정한다는 정치인과 지도자들은 어떤가. 요즘 젊은이들은 대학입시, 군 복무, 취직 등 걱정거리가 많아 스트레스를 받으며 살아가고 있다.

금수저 부모를 둔 덕분에 대학에 부정 입학을 하고, 군 복무는 각종 특혜를 받으며 편안하게 군대 생활을 했다. 부모가 장관이나 고위직 공직자이기 때문에 자식들은 특혜를 받았다. 들끓는 여론에도 불구하고 그 부모들이 보이는 행태는 가증스럽다. 실정법 위반을 하지 않았다며 항변하고 국민들을 조롱하는 격이다. 수치심을 모르는 철면피가 아니고는 있을 수 없는 일이다.

세상을 살아가다 보면 이렇게 낯짝이 두꺼운 사람들을 많이 보게된다.

정말 화가 나고 분통이 터질 것 같은 어지러운 세상이다. 이런 사람들은 잘못을 저질러 놓고도 부끄러운 줄을 모른다. 사람으로서 해서는 안 될 일을 해 놓고도 태연자약泰然自若하다. 오히려 그것이 뭐가 대수냐는 식으로 당당하기까지 하다. 얼굴이 두꺼운 사람은 철저하게 자기 자신만을 위하는 사람이다.

다른 사람의 시선에서 자신의 행동이 어떻게 비칠지 고민하지 않는 사람들이다. 수치심을 느끼지 못하는 사람들이며, 한 인간으로서 부끄럽고 욕된 치욕인 것이다.

1970년대 김지하 시인은 오적五賊이라는 시를 써 그 시대를 풍자하고 비판했다. 오적은 재벌, 국회의원, 장·차관, 고급공무원, 군 장성을 5종류의 도적이라고 풍자한 시다. 김지하 시인은 5종류의 도적들이 저지르는 부정과 부패, 탐욕 등을 신랄하게 비판해 많은 갈채를 받았다.

　요즈음이라고 크게 달라진 게 없는 것 같다. 부정과 부패, 탐욕은 도를 넘어섰고 실정失政으로 나라가 혼란스러운 것 같다.

　코로나 때문에 우울했던 지난 추석 때 가수 나훈아의 무대는 많은 국민들 심금을 울렸고 감동을 주었다. 나훈아 가수는 노래했다.

"세상이 왜 이래
사랑은 왜 또 이래
너 자신을 알라며 툭 내뱉고 간 말을
내가 어찌 알겠소. 모르겠소. (소크라)테스 형!"

　소크라테스는 예수, 석가모니, 공자와 더불어 세계 4대 성인 중 한 사람이다.

　철학자 소크라테스는 '너 자신을 알라' 고 외치며, 나 스스로가 누구인지 모르는 자는 미혹迷惑에 빠져들 수밖에 없다고 경고하며 다녔다고 한다.

　후안무치한 사람은 자기 자신을 잘 모르는 사람이다. 얼굴이 두꺼워 수치심을 모르기 때문이다. 수치심을 아는 사람은 다른 사람에게 비난받을 짓을 애초에 하려 하지 않는다. 수치심을 느낄 때 우리는 타인의 시선을 의식할 뿐만 아니라 자신의 행동 또한 반성하게 된다. 이것은 나의 정신과 감정이 살아있다는 증거일 것이다.

　수치심은 타인의 감정을 의식하지 않는다면 발생할 수 없는 감정이다.

다른 사람의 시선에 비추어도 자신의 행동이 당당할 때, 그러니까 수치심을 전혀 느끼지 않을 때, 우리는 자존감, 혹은 자긍심을 느끼게 된다.

자긍심과 자존감을 회복하기 위해 우리는 후안무치해서는 안 되며 수치심을 느낄 수 있어야 한다.

인생무상 人生無常

인생이란 참으로 덧없고 허무한 것 같다. 태어날 때 빈손으로 왔다가 저세상으로 갈 때도 빈손으로 가기 때문이다. 세월이 흐르고 흘러 인생을 마감하는 시점에 이르면 누구나 인생무상을 뼈저리게 느낀다.

요즈음은 잊을 만하면 친구가 타계他界했다는 부음訃音이 카톡으로 울려온다. 몇 주 전 함께 만나 식사하고 담소를 나누던 친구가 저세상으로 갔다고 하니 더욱 허무한 기분이 든다. 계속되는 코로나 여파로 장례식장 빈소는 한적하다. 우두커니 홀로 서서 친구의 영정사진 얼굴을 바라보니 만감이 교차한다. 분향을 마치고 상주들과 인사를 나누었다. 빛바래고 희미해 보이는 친구 사진을 바라보며 '잘 가시게' 하고 혼자 넋두리를 하며 돌아서는 순간이었다.

나도 모르게 갑자기 눈물이 나고 다리 힘이 빠져 몸의 균형을 잡을 수가 없었다. 젊은이들 앞에서 민망스러웠지만 슬픈 감정이 좀처럼 가라앉지를 않았다. 맏상주가 나를 부축해 밖으로 안내를 한다. 병원 밖으로 나와 혼자서 걷기 시작하니 그제야 평상심을 찾을 수가 있었다.

'인생은 홀로 걷는 나그넷길'이라고 했다.

어제 가지고 있었고 오늘 가지고 있으니 내일 또한, 가지고 있으리라 장담할 수 없는 게 사람 목숨이다. 하물며 내가 가지고 있는 재물이나 권력 명예가 좀 있다고 해서 그것이 마냥 내 것으로 생각하면 큰 잘못이다. 그러기에 인생을 뽐내고 자랑하거나 우쭐대며 살지 말아야 한다. 황금과 보물은 도둑과 강도를 부르는 미끼이고, 교만과 방심은 사고나 변고를 부르는 신호가 될 수도 있다.

숨 멈출 그 날이 언제인지는 모르지만 애지중지하던 모든 것들 고스란히 남기고 떠나가는 게 인생길이다. 우리 인생은 잠시 머물다 떠나야 하는 나그넷길이다.

칠십을 살면 25,550일, 팔십을 살면 29,200일, 구십을 살면 32,800일이고, 백 년을 살아 봐야 36,500일이다. 길지 않은 인생길 사람끼리 웃고 사랑만 하다 죽어도 억울한 세상이다. 사람은 우연偶然히 만나 관심觀心을 가지면 인연因緣이 되고, 공功을 들이면 필연必然이 된다고 한다. 3번 만나면 관심이 생기고 5번을 만나면 서로 마음의 문을 열며, 7번을 만나야 친밀감親密感이 생긴다고 했다.

인간은 좋은(好) 사람으로 만나 착한(善) 사람으로 헤어져 그리운(戀) 사람으로 남아야 아름다운 인간관계가 될 것 같다. 사람은 서로 만나(遇) 봐야 그 사람을 알고, 사랑은 나눠 봐야 사랑의 진실을 알 수가 있는 것이다. 외로움(孤)은 누군가가 채워 줄 수 있지만 그리움(戀)은 그 사람이 아니면 채워 줄 수 없다.

정말 소중한 사람이라면 늘 배려하고 따뜻하게 대해 주어야 잊히지 않는 소중한 인연으로 남는다.

복잡하고 아슬아슬한 게 인간 삶이고 인생은 나를 찾아가는 여행길이기도 하다. 세상을 살아가며 걱정 없는 날이 없고, 부족함을 느끼지 않는 날이 없는 게 보통사람들 삶이다. 당장 내일을 알 수 없어 어느 것 하나 결정하고 결심하기도 쉽지 않다. 말로는 쉽게 행복하고 기쁘다고 하지만 누구나 힘든 일은 있게 마련이다. 얼마만큼 행복하고 기쁘게 살아가고 있는지는 알 수 없지만 그저 모두 바쁘게 살아가는 게 인생이다.

인생은 내가 나의 길을 찾아갈 뿐인데 무엇 때문에 어디로 바쁘게 가는지 모를 일이다. 불안, 갈등, 고통 등은 모두 진정한 나를 찾기까지의 과정에서 마주치는 것들이다. 참된 나를 찾는 그 날부터 삶은 고통에서 기쁨으로, 좌절에서 열정으로, 불안에서 평안으로 바뀐다. 이것이야말로 각자의 인생에서 만나는 가장 극적인 순간이고 큰 행복일 것이다.

인생길!

우리는 과연 무엇을 그토록 찾아 헤매는가?

가득 찬 욕심은 나를 저버리고 망각 속에서 살아간다. 누구나 후회 없이 살다 간 언저리에는 아쉬움만 가득하고 허탈할 뿐이다. 빈손으로 왔다가 빈손 아닌 옷 한 벌 걸치고 가지만 그 손으로는 아무 것도 가져갈 수 없다.

덧없고 허무한 인생무상이다. 가는 임은 가고 싶어 가고, 오는 임은 오고 싶어 오겠는가? 가고 오는 뜻 알 수 없거늘, 이제는 가진 것만큼 만족하고 누구 하나 마음 아프게 하지 말고, 물 흐르듯 구름 가듯 그냥 그렇게 살아가야겠다.

성군聖君과 충신忠臣

한국 고전문학에 조선조 19대 숙종과 이관명이라는 신하의 이야기가 나온다.

당하관 벼슬에 있던 이관명이 어사가 되어 영남지방을 순찰하고 왕궁에 돌아왔다. 숙종 임금이 물었다. '그대가 돌아본 영남지방 인심이 어떠하던가?' 이관명이 아뢰었다. '통영에 소속된 섬 하나가 어찌 된 일인지 대궐 후궁 한 분의 소유로 돼 있습니다. 그 섬 관리들의 수탈이 어찌나 심한지 백성들 궁핍을 차마 눈 뜨고 볼 수가 없었습니다.'

임금은 대노하여 음성을 높였다. '그 조그마한 섬 하나를 후궁에게 준 것이 그렇게 불찰이란 말이냐!' 궐내 분위기가 갑자기 싸늘해지고, 긴장했다. 이관명은 굽히지 않고 아뢰었다. '신은 어명을 받들고 밖으로 나가 1년 동안 있었습니다. 전하의 지나치신 처사가 이 지경에 이르도록 전하께 진언을 드리지 못한 모양입니다. 저를 비롯하여 전하께 직언을 드리지 못한 대신들도 아울러 법으로 다스려 주십시오.' 임금은 크게 화를 내며 곧 승지를 불러 전교를 쓰라고 명했다. 궐내 신하들은 숨을 죽이고 기다렸다.

'전 수어사 이관명에게 부제학을 제수한다.' 숙종의 분부에 깜짝 놀라며 승지는 교지를 쓴다. 이관명에게 큰 벌이 내릴 줄 알았던 신하들은 영문을 알 수가 없었다. 잠시 후 숙종이 다시 명했다. '부제학 이관명에게 홍문제학을 제수한다.' 승지뿐만 아니라 신하들은 모두 웅성거렸다. 또다시 임금은 '홍문제학 이관명에게 예조참판을 제수한다.'고 명했다. 한꺼번에 3계급 특별승진을 시킨 셈이다. 잠시 후 숙종 임금은 이관명을 불러 놓고 말했다.

'경의 간언으로 과인의 잘못을 깨달았소. 앞으로도 그와 같은 신념으로 짐의 잘못을 바로잡아 나라를 태평하게 하시오'

권력 앞에 그릇된 것을 잘못되었다고 말하는 용기도 훌륭하지만 충직한 신하를 알아보는 숙종 임금의 안목도 훌륭했다.

일화를 읽는 동안 국내 정국을 바라보며 수많은 생각이 떠오르는 것이다.

대통령과 집권세력 권력자들은 옛날 임금과 신하 비슷한 관계다. 물론 민주 공화정과 왕조시대 통치를 바로 비교하는 게 무리일 수도 있다. 그러나 백성들 안위安危를 걱정하고 나라를 잘 다스려, 태평성대를 이루어야 한다는 통치 이념은 예나 지금이나 크게 다름이 없을 것이다.

청와대, 장관, 여당 국회의원 등 여권 실세들은 대통령의 국정 운영을 돕는 정치인들이다. 대통령과 대통령을 보좌하는 측근들을 바라보며 숙종 임금과 이관명 신하의 일화가 떠오르고 긴 여운을 남긴다.

사람에게 충성하지 않고 법과 원칙대로 비리를 수사할 수 있는 검사라며 대통령이 임명한 검찰총장이다. 살아있는 권력의 의심되는 비리에 수사가 시작되자 법무장관이 제동을 걸기 시작했다. 법으로 임기가 보장된 검찰총장을 쫓아내기 위해 법무장관은 상식과 법을 어겨가며 무리한 행동을 했다.

잘못이 없는 검찰총장에게 온갖 허위 누명을 씌워 억지로 징계를 강행했다.

무리하고 석연치 않은 징계였지만 대통령 재가가 났던 것이다. 정치권은 난장판 같아도 사법부의 정의는 살아있었다. 세 사람 정의로운 판사들은 검찰총장의 손을 들어 주었다. 법원 판결 후에 벌어지는 국회의원을 비롯한 여권 실세들의 행태가 꼴불견이었다. 판사들이 감히 '선출된 권력'에 항명한 쿠데타 세력이라고 했다. 판사들과 검찰총장을 탄핵한다고 으름장까지 놓고 있다.

헌법에 보장된 삼권분립마저 무시하는 것 같다. 민주주의의 생명은 삼권분립에 있다. 대통령의 통치행위도 헌법과 법률의 구속을 받는다.

전직 대통령도 '선출된 권력(51.6%)'이었지만 사법부 헌재 판사들 판결로 탄핵이 확정되지 않았던가. 현직 대통령의 '선출된 권력(41.1%)'의 잘못을 판결한 판사들 판결이 잘못이라면 앞뒤가 맞지 않는 모순矛盾이다.

판사들은 팩트와 사실관계, 그리고 구체적인 증거에 따라 판결을 내리는 것으로 생각된다. 입법부, 행정부, 사법부 삼권분립은 상호 간의 견제와 균형을 유지하며 민주주의 꽃을 피운다고 보아야 한다. 선출된 권력이라는 이유만으로 전권을 갖는 것은 아니다.

땀 흘려 이룩한 산업화 덕분에 물질적 풍요는 누리지만, 피 흘려 성취한 민주화는 꽃이 피기를 좀 더 기다려야 할 모양이다. 요즈음 세상에는 권력 앞에서 잘못된 걸 잘못이라고 직언하는 참모가 없다. 용기 있는 충신이 없고 충신을 알아볼 안목 있는 성군도 없는 세상에 우리는 살고 있다.

측은지심 惻隱之心

한 초등학교 교사가 실험한 이야기다. 반 아이들 모두에게 500원씩 돈을 나눠준 뒤 착한 일을 해 보라는 숙제를 냈다. 그런 숙제를 처음 받아보았을 아이들이 과연 어떤 반응을 보였을까? 결과가 재미있었다.

어린이들 중에 선행善行에 돈을 쓴 아이는 20%에 불과했고, 나머지 80% 학생들은 받은 돈을 그대로 가지고 왔단다. 착한 일을 한 아이들에게 돈을 어디에 썼는지 물어보니 대부분 걸인들에게 줬다고 말했다.

돈을 그대로 가지고 온 아이들에게 이유를 물어보니 '착한 일을 할 기회가 없었다'고 했다는 것이다. 흔히 선행은 돈이 있거나 마음만 먹으면 할 수 있다고 생각하기 쉽지만 그렇지 않은 것 같다. 착한 일도 훈련과 연습을 통해 몸에 배어야 한다고 했다.

며칠 전 국내 매스컴에 '카카오톡' 김범수 의장이 5조원이 넘는 개인 재산을 기부하겠다고 밝혔다. 재산의 절반을 사회문제 해결을 위해 기부한다고 했다. 그의 기부 결심은 역대 국내기업인 기부 중

가장 큰 규모다. 마이크로 소프트 창업주 빌 게이트는 재산의 90%를, 페이스북 창업자 마카 저커버그는 99% 재산을 사회에 환원한다고 하였다.

'카카오'의 기부 결심은 서구 선진국에서나 볼 수 있음직한 새로운 기부문화를 떠올리게 한다. 국내기업들 가운데 '코로나19' 타격을 거의 입지 않은 카카오는 지난해 기업가치가 급등한 것으로 손꼽힌다. 2월 8일 기준 시가 총액 41조원에 육박, 1년 사이에 포스코 같은 전통 대기업을 몰아내고 코스피 시총 10위에 들어섰다.

카카오 김 의장은 최근 '코로나19' 이후 더 심해진 소득격차 문제에 관심이 많았다고 했다. 코로나 사태 이전에도 장학 교육 사업에 남다른 관심이 있었다고 한다. 교육 격차, 일자리 문제, 환경문제 등 다양한 사회문제가 심각해진 만큼 기업의 '사회기여(Social Impact)'를 결심했다고 했다. 그는 평소에도 미국 시인 랠프월도 에머슨의 시 '무엇이 성공인가'를 자주 읽었다고 했다. 카카오는 우리나라 기부문화에 지각변동이 올 만큼 커다란 선행을 시작했다.

돈이란 많아도 걱정, 적어도 걱정이다. 유태인 격언에 '재물이 많으면 그만큼 근심이 늘어나지만, 재물이 전혀 없으면 근심은 더욱 많아진다'고 했다. 그렇다면 인간은 재물을 얼마만큼 소유해야 만족할까? 사람에 따라 만족의 척도가 다를 수 있겠지만 먹고 살기에 넉넉하면 만족할 줄 알아야 한다. 그러나 재물에 대한 인간의 욕망은 한도 끝도 없는 것 같다. 적당한 선에서 욕망을 억제할 수 있어야 행복해질 수 있다. 기부라는 선행은 누구나 쉽게 할 수 있는 행위가 아니다. 보통사람들은 이기심을 앞세우고 세상을 살아가기 때문이다.

인간의 선행은 나보다 다른 사람을 먼저 생각하는 측은지심에서 나온다고 했다. 맹자는 '측은지심이 없으면 사람이 아니다'(無惻隱之心 非人也) 라고 말한 바 있다. 측은지심이란 연약한 사람을 돌봐주고, 고난에 빠진 사람을 도와주는 것으로서, 자비나 선을 베풀고 생명을 가진 것을 두루 사랑하는 일이다. 측은지심은 인간의 선의(善意志)로부터 나오는 것이며, 착하고자 하는 마음이고, 착하게 살려고 하는 의지다.

사람은 누구나 태어날 때부터 선의지의 심성을 지니고 세상에 나온다.

인간이 인간답게 살아갈 수 있는 것은 우리 마음속에 선의지가 있기 때문이다. 기부는 선행이고 선행은 인간사회를 밝게 해 주며, 따스한 사회를 만들어준다. 카카오의 기부는 너무 신선한 충격이다.

선대가 물려준 상속으로 부富를 일궈낸 사례가 아니고 당대에 본인이 대그룹 반열로 단기간에 만들어낸 성과다. 부의 세습으로 주위 사람들에게 갑질을 하는 관습이 몸에 밴 황태자와는 거리가 멀다.

아버지는 공사장의 노무자였고 어머니는 남의 식당 주방에서 일하며 김 의장 혼자만 대학을 다녔다고 한다. 시골 깡촌에서 올라와 할머니와 아버지 어머니, 5남매 여덟 식구가 단칸방에서 지냈을 만큼 유년시절을 어렵게 살았다고 한다. 흙수저의 어릴 적 삶이 자선 기부를 결정하게 만든 계기로 작용한 것 같다.

그의 애송시 '무엇이 성공인가' 마지막 구절이 가장 가슴에 와 닿는다.

> "자신이 한때 이곳에 살았음으로 해서
> 단 한 사람의 인생이라도 행복해지는 것
> 이것이 진정한 성공이다"

내로남불

딸이 친정 부모에게 용돈을 드리는 것은 길러준 은혜에 대한 보답이고, 며느리가 친정 부모에게 용돈을 보내 드리면 '남편 고생해 번 돈' 친정으로 빼 돌린다고 얘기하는 사람이 있다. 내가 학교를 자주 찾아가는 것은 높은 교육열 때문이고, 다른 사람이 학교를 자주 찾는 건 치맛바람이라고 비난하는 사람도 있다. 내 자식이 어른들에게 대들면 자기주장이 뚜렷하기 때문이고, 남의 자식이 어른에게 대드는 건 버릇없이 키운 때문이라고 한다. 자신이 하는 일에는 너그럽고 관대하면서 상대방이 하는 일에는 엄격한 잣대를 들이대며 헐뜯는 인간성의 단면을 보는 것 같다.

4·7 서울 부산시장 재보궐 선거 후 국내에서는 '내로남불'이라는 단어가 뜨겁게 달아오르고 있다. 자신이나 자기편이 하는 행위에 대하여는 관대하면서도, 상대편이 하면 엄격하게 따지려 드는 위선적 의미를 갖는 신조어다.

결혼한 사람이 배우자가 아닌 다른 사람과 사랑에 빠졌을 때, 그게 나의 경우라면 로맨스이지만 남이 그렇게 했다면 불륜이라고 치부한다. 상대 간에 서로 다른 잣대를 들이대며 헐뜯고 비난하는 말이다.

1990년대 국내 정치권에서 시작된 말로 마치 고사성어故事成語나 사자성어四子成語처럼 오늘날까지 회자되고 있다. 내로남불을 굳이 요약하자면 위선僞善을 의미한다. 겉으로만 착한 체를 하거나 거짓으로 꾸며 하는 행위를 위선이라 하지 않는가. 내로남불은 심리학에서 인간의 본능이라고 했다. 자아붕괴自我崩壞 위험에서 스스로를 보호하기 위해 무의식적으로 작동하는 방어 심리다.

우리 국민들은 현 정권에 대해 무능보다는 위선에 더 분노하고 있는 것 같다. 언론과 야당은 현 정부의 불공정과 불의는 물론 이중적 행태를 비판하고 있다. 전 정권의 적폐를 청산하겠다며 출발한 정권이 또 다른 적폐를 쌓고 있다. '기회는 평등하고, 과정은 공정할 것이며, 결과는 정의로울 것'이라고 했던 약속은 모두 허구였다.

표창장 위조하고, 부동산 투기하고, 나랏돈 삥땅하고, 위안부 할머니 등치고, 사기꾼에게 돈 받고, 댓글 조작하고, 선거 개입하고, 감찰 무마하고, 음해 공작하고, 블랙리스트 만들고, 여직원 성추행하고… 현 정권의 민낯이다. 4·7 재보궐 선거에서 선거관리위원회는 '내로남불'과 '위선'이라는 단어가 들어간 투표독려 현수막이 특정 정당을 가리킨다는 이유로 금지했다. 집권 여당을 위한 불공정한 결정이 모든 걸 잘 설명한다.

170년 전통의 '뉴욕타임스'나 세계 150개국에 지국을 둔 '로이터 통신'은 한국의 재보선 선거에 여당이 참패한 원인을 '내로남불' 때문이라고 했다. Naeronambul(내로남불)이라고 우리말 소리를 영어로 표기하며 국제적 통용어가 되게 했다.

세계 속의 우리말은 적지 않은 편이다. '옥스퍼드 사전'은 한글, 김치, 온돌, 태권도, 한류 등 다른 언어로 대체하기 어려운 우리말 단어들을 싣고 있다. 이처럼 긍정적 의미의 한글 단어가 있는가 하면 갑질(Gapjil), 재벌(Chabol), 꼰대(Kkondae) 같은 한국사회의 민낯을 드러내는 단어들도 있다. 내로남불은 또 하나의 달갑지 않은 세계 속의 우리말이 되었다.

'내로남불'의 핵심은 내게는 관대하고 남에게는 엄격한 이중 잣대다. 오만과 탐욕으로 채워진 위선의 표출이다. '군자는 자기의 잘못을 남의 탓으로 돌리지 않지만, 소인은 늘 자기의 이익만을 앞세워 이기려고만 하므로 모든 잘못은 남의 탓으로 돌린다.'는 논어의 한 구절이 가슴에 와 닿는다.(논어 위령공편)

유대인들이 즐겨 읽고 삶의 지혜를 구하는 '탈무드'에 비견되며, 동양의 처세술과 지혜로운 삶을 위한 글이 수록된 '채근담'에 나오는 말이 숙연해지는 마음이다. '남을 대할 때는 봄바람같이 관대하고 자기에게는 가을 서리같이 엄격하게 대하라.'(待人春風 持己秋霜)

현 정권이 그동안 국정운영 전반에서 이러한 각오와 실천으로 임해 왔다면 '내로남불'이라는 말이 이토록 회자되지는 않았을 것이다.

꽃잎 떨어져 '바람인가' 했더니 세월이더라.

차창 바람 서늘해 '가을인가' 했더니 그리움이더라.

그리움 이녀석! '와락 껴안았더니' 노년의 눈물이더라.

세월 안고 '눈물 흘렸더니' 어느덧 노년의 아쉬움이더라.

3부

노년의 삶

노년에는 한 발 물러서고 져주는 너그러운 마음의 자세로 살아야 한다. 제3의 삶을 아름답게 살기 위해서는, 힘과 여유가 다소라도 남았을 때 준비하는 게 현명하다. 노년의 삶은 생각보다 멋지고 아름다운 인생길이다.

장모님과 금반지

　가족묘지가 있는 산골짝 능선은 싱그러운 5월의 신록이 맑은 햇살 속에 반짝인다. 묘지 비석 앞 여기저기 꽃다발 바구니가 놓여있다. 모내기가 끝난 무논 속 볏모들이 흙내음을 맡아 꼿꼿하고 싱싱하게 자라나고 있다. 5월의 산야가 모두 검푸른 신록으로 물들어 있다.

　새벽 일찍부터 파묘작업破墓을 한 일행들이 도착했다. 그들과 동행을 했던 아내가 다가와 손바닥을 펼치며 금반지를 보여준다. '어머니 것'이라며 아내는 다소 상기된 듯한 표정이었다. 그동안 보지 못했던 금반지가 아내 새끼손가락에 끼어 있었던 것이다. 맑은 햇살에 비치는 자그마한 금반지가 유난히 반짝이고 있었다.

　고향 땅이 모두 개발되고 도시화 되는 바람에 묘를 이장하지 않을 수 없는 처지가 되었다. 파묘 작업을 하는 도중에 유골과 함께 빨간색 나일론 주머니가 발견되었다고 한다. 나일론 주머니 안에는 옛날의 금반지 한 개가 고스란히 들어있었다. 23년 전 장모님께서 돌아가시기 전까지 끼고 있던 반지였던 것이다. 장모님은 돌아가시기 전에 저승길에도 금반지를 가지고 가고 싶다는 유언을 하셨다고 아내는 생생한 기억을 이야기했다.

23년 전 병석에 누워 계시던 장모님이 위독하시다는 연락을 받고 서울서 급하게 고향을 찾았던 옛 추억이 아련하게 떠오른다. 처갓집 안방에 들어서니 장모님은 깨끗하고 단정한 모습으로 반듯하게 누워 계셨다. 말씀은 못하셨지만 눈빛으로 내 인사를 받으셨다. 동서 처남들과 사랑방에서 이야기를 나누고 있는데 안방으로 들어오라는 연락이 왔다. 서둘러 안방으로 들어서니 장모님은 누워서 주위 사람들을 둘러보셨다. 잠시 후 숨을 크게 내리 쉬고, 다시 숨을 들이 쉬지 못하셨다. 숨을 멈추고 운명을 하신 것이다. 장모님의 임종은 그렇게 순간적으로 끝났다.

돌이켜 보면 장모님은 죽음의 복福이라는 고종명考終命을 누리고 세상을 떠난 분이다. 한평생 안식처이었던 안방에서 사랑하는 자손들이 바라보는 가운데 조용히 이승을 하직하셨다. 수壽, 부富, 강녕康寧, 유호덕攸好德과 함께 고종명은 인간의 오복 중 하나다. 부모의 임종은 아무나 쉽게 맞을 수 있는 게 아닌 것 같다. '종신終身하는 자식은 팔자에 있다'는 말까지 있지 않은가. 나 자신도 부모님 곁에서 함께 살았지만 임종을 보지 못해 평생 아쉬움 속에 살고 있다. 그래서 장모님 임종을 지켜볼 수 있었던 건 내게 다소나마 위안이 되기도 했다.

장모님이 임종하신 처갓집 안방은 내게는 더 옛날로 거슬러 가 잊을 수 없는 추억이 있는 곳이다. 오랜 예날 이야기지만 내게는 평생 잊히지 않는 추억의 공간인 것이다. 아내와 약혼이 이루어지고 신랑의 사주팔자四柱八字를 써 가지고 처갓집을 방문해 안방으로 안내가 되었다. 우리 집보다는 작지만 아담하고 정갈한 안방 분위기가 내 마음을 사로잡았다. 벽에는 다정한 가족사진과 함께 표창장 두 매가 걸려 있었다. 표창장은 장모님의 효행에 대한 도지사와 성균관장의 표창이었다. 조실부모한 조카 4명을 친자식과 똑같이 길러 남혼여가男婚女嫁시킨 공로에 대한 칭송이다. 처음 찾아간 처갓집 안방에서 그 집안의 훌륭한 가문을 알게 되고 감동을 받았었다.

23년 동안 지하에서 장모님 곁을 지키던 금가락지이었다. 지금은 새롭게 고인의 며느리 손가락에 둥지를 텄다고 한다. 인생은 무상人生無常하고, 금가락지는 쇠붙이와 돌처럼 굳고 변함없는 약속을 지킨다.(金石之約) 산소 이장작업이 끝난 후 제사를 지내고 자손들은 모두 뿔뿔이 헤어져 떠나간다. 산 자와 죽은 자는 어차피 가야 할 길이 다르기 때문인가 보다.

인간에게 삶과 죽음의 문제만큼 중요한 것은 없다. 우리가 죽은 후에는 어떻게 되는 것일까? 내세니 저승이니 하는 사후관계란 과연 있는 것일까?

종교를 가졌든 그렇지 않든 인간은 누구나 사생관을 갖게 마련이다. 인간에게 죽음이 없었더라면 종교는 생겨나지 않았을지도 모른다. 인생의 황혼기에 접어든 사람이면 누구나 죽음을 생각해 본다. 산 자에게 있어 죽음이란 어차피 피상적이고 관념적일 수밖에 없다. 그것은 믿음의 문제이고, 믿음을 전제로 하는 종교 고유의 영역인 것이다.

멀리 석양을 바라보며 한번쯤 깊은 사색에 잠겨봄직한 일이다.

노년의 삶

프랑스 작가 '로망 롤랑'은 '인생은 왕복표를 발행하지 않기 때문에 한번 출발하면 다시는 돌아올 수 없다'고 했다. 우리는 다시 돌아올 수 없는 인생길을 가고 있으면서도 마치 언제라도 쉽게 돌아올 듯이 가볍게 가고 있다. 인생길이란 다시 돌아올 수 없는 일방통행 외길이다. 다시 올 수 없는 외길이기에 인생은 더 빨리 가는 것 같다. 세월이 빠르다는 것은 누구나 느끼는 감정이다.

나이를 먹을수록 그 감정은 더욱 확연해진다.

우리 인생에 주어진 가장 큰 선물은(Present)는 바로 현재(Present) 라는 시간이다. 노년의 삶에서 지금 이 순간이라는 큰 선물을 고맙게 받아들여야 한다. 지금 현재를 가치 있게 이용해 자신이 꿈꾸는 멋진 삶을 만들어내야 한다.

'늙기는 쉽지만 아름답게 늙어간다는 것은 어렵다'는 말도 있다. 사람이 늙어간다는 것은 보편적인 현상이지만, 아름답게 늙는 것은 선택적인 것 같다.

아름다운 노년을 보내기 위해서는 그에 알맞은 노력을 해야 한다. 세상에는 그냥 늙어가는 사람은 많아도 아름답게 늙는 사람은 드물다. 아름답게 늙어간다는 건 본인의 삶이 윤택해지고 다른 사람들이 보기에도 좋다.

　사람은 누구나 때가 되면 자기의 노년을 의식하고 체감하며 일상생활을 하고 있다. 시내버스를 타거나 지하철 전동차 안에 들어서면 차안의 승객들과 마주친다. 많은 사람들 가운데 노년 승객은 드물다. 소외당하고 위축되는 기분이 드는 건 어쩔 수 없는 현상이다. 등산을 하거나 테니스 운동을 하는 동호인 모임에서도 마찬가지다. 늘 깍듯이 어른 대접을 해 주는 동호인들에게 마음의 부담을 느끼게 된다. 인간의 평균수명이 늘어나며 노년의 인생도 연장되고 있다. 젊은 시절에는 마치 늙지 않을 것처럼 살아온 게 사실이다. 그러나 세월 가면 누구나 어김없이 늙어가는 게 세상사는 이치다.

　노년에는 한 발 물러서고 져주는 너그러운 마음의 자세로 살아야 한다. 노년이라는 제3의 삶을 아름답게 살기 위해서는, 힘과 여유가 다소라도 남았을 때 준비하는 게 현명하다. 노년의 삶은 생각보다 멋지고 아름다운 인생길이다.

　삶의 여정 중에 마음을 비우고 살아가기에 좋은 나이다. 담담한 심정으로 삶의 여백을 마음에 담을 수 있어 좋다. 시기와 질투가 떠난 자리에 사랑과 너그러움이 자리하고 있다. 세상의 모든 것이 점점 더 아름답게 보이기 시작한다.

　미워하는 마음보다는 축복하고 싶은 마음이 생겨 좋다. 원망하는 마음이 사라지고 감사하는 마음이 절로 생겨 기쁘기만 하다.

100수를 넘겨 장수하며 활발하게 사회생활을 하고 있는 철학계 원로 김형석 박사의 말씀이 마음에 와 닿는다. 본인이 늙지 않는 세 가지 비결은 일, 여행, 사랑이라고 했다. 공부도 정신적인 일이라며 지금도 글을 쓰고 강연을 하고 계시다. 여행은 새로운 삶을 위한 호기심과 도전이다. 여행은 가슴이 떨릴 때 해야지 다리가 떨릴 때 해서는 안 된다. 인간에게 사랑은 죽을 때까지 지속된다고 했다. 돈이나 물건, 권력과 명예에 대한 사랑은 쉬 끝날 수 있다. 그러나 예술이나 학문에 대한 사랑의 열정은 좀처럼 사라지지 않는다. 인간에 대한 사랑은 죽을 때까지 계속된다. 사랑의 끝은 인생의 종말인 것이다.

노년은 단 하나의 삶이며 새로 전개되는 제3의 인생이다. 나이와 화해를 배우며 불편과 소외에 적응하고, 감사와 사랑에 익숙해야 한다. 노년이라는 제3의 삶을 완숙하고 아름답게 살기 위하여 힘과 여유가 조금이라도 남아 있을 때 준비하는 게 현명하다.

저녁노을이 아름다운 것은 곧 사라지기 때문이다.

우리 노년의 저녁노을도 마땅히 아름다워야 하지 않을까? 완벽한 성숙 그 인격, 인품, 재주, 솜씨, 기술 등이 최고의 경지에 이르지 않았나? 노년은 잴 수 없는 시계 너머의 시간이고 세월이다. 고독은 병이고 외로움은 눈물이고 서러움은 애달픔이다. 고독과 싸우지 말고 고독과 어깨동무하며 즐기고 사는 지혜를 가져야 한다.

혼자 자신을 닦고 다지고 굳혀나갈 소중한 기회다. 자신을 갈고 닦으면 권위와 인품도 저절로 생기고 누구에게나 존경받는 원로가 된다. 아직은 꿈과 희망을 버리지 말고 깨어있는 지성, 온화한 교양으로 즐겁게 살아야 한다.

　노년은 누구나 만나는 인생의 소중한 과정이다. 낙천적인 생각을 가지고 관대하며 유유자적에 익숙해야 한다.

노년의 고독

'과부 설움은 홀아비가 안다'는 속담이 있다.

남의 곤란한 처지는 직접 그 일을 당해 보지 않은 사람은 잘 알 수 없음을 두고 하는 말이다. 홀로 사는 노인이 돼보지 않고서는 그들의 절박한 고통을 100 퍼센트 알 수 없을 것이다. 요즘은 홀로 사는 노인들이 많은 시대다.

나이 들어 활동력이 떨어지고 보호해 줄 사람이 없는 노인들은 생계대책이 막연하다. 독거노인들은 생계대책뿐 아니라, 외로움 고독이 더 큰 문제다. 나이 들면 사람에 대한 그리움이 눈덩이처럼 커지는데 종일 찾아주는 사람 하나 없다면 지금 사는 곳은 절해고도 絶海孤島다.

며칠 있으면 민족 대명절 한가위 추석이다. 시골에서 혼자 사는 노인들에게 추석은 오랜만에 자식과 손자를 볼 수 있는 설렘 가득한 날이다. 잠깐의 만남 뒤에는 또 바람처럼 떠날 자식이지만 그 며칠의 만남이 부모에게는 다음 명절까지 기다릴 수 있는 힘이 되었다.

고독한 시골 노인들에게 금년 추석은 실망과 서글픈 날이 될 것 같다. 불청객 '코로나19' 때문에 더 외롭고 쓸쓸한 추석을 지내야 할 형편이다.

'비대면 추석'이라는 서글픈 추석이 될 것이기 때문이다. 올해는 '시린 추석'을 보내며 노년의 고독문제를 다시 생각하게 한다.

어느 가정이나 부부가 함께 살다가 한날한시에 죽을 수는 없다. 아무리 금슬이 좋은 부부라도 누군가는 먼저 죽게 되어 있다. 노년이 되면 누구나 일정 기간 혼자 살아야만 하는 것이다. 그러니 노년 들어 혼자 사는 연습도 미리 해야 할 것 같다. 노년에 이르면 대부분 사람들은 요양원에서 말년을 보내다가 인생을 마감하는 것 같다.

선진 외국에서는 요양원도 고급스럽고 호화로운 시니어타운이 조성되어 있다고 한다. 골프장, 테니스장, 수영장, 산책로 등이 있고 취미 클럽활동도 많다고 한다. 호화로운 시니어 타운에 사는 노인 부부도 누군가는 한 사람이 먼저 죽는다. 혼자 남는 노인은 고독과 외로움 속에 살아야 할 것이다. 부부가 같은 날 죽을 수는 없으므로 시니어타운에도 홀몸 노인 즉, 싱글 노인 인구가 늘어나게 된다.

그런데 이 싱글 노인이란 사람들이 85세 이상 된, 힘없고 노쇠한 독거노인이라는 것이다. 모든 것은 변하는 게 법칙이다.(周易) 시니어타운도 변한다. 어떻게 변할까? 일본의 한 시니어 타운에서 35년을 살아온 할머니가 있었다.

뉴욕타임스는 '이토 할머니'의 일기장을 입수하여 노인과 시니어타운의 변천 과정을 보도한 적이 있다. 보도 내용은 많은 이들의 관심을 끌었으며 오랫동안 회자돼 왔다.

처음에는 그렇게도 화려했던 시니어타운이 35년 후에는 독거 노인 촌처럼 바뀌더라는 사실이다. 특히 부인을 먼저 잃은 남자 노인들은 집청소를 제대로 하지 않아 쓰레기가 쌓이고, 타운 전체가 지저분해졌다. 그러니 젊은 노인들이 입주를 꺼리기 때문에, 아파트 값도 떨어져 타운이 점점 시들해져 간다고 하였다.

치매 노인이 많아 동네에서 가출신고가 빈번하고, 사망한 지 며칠이 되어도 옆집에서조차 몰라 그냥 지나가는 경우가 허다했다. 85~90세가 되면 운전도 못하게 되고, 댄스파티나 수영장에도 가기가 힘들어, 시니어타운의 좋은 시설들이 아무런 의미가 없어진다는 것이다.

그럼 가장 중요한 것이 무엇일까? 그것은 고독과 외로움을 해결하는 것이다.

이 문제를 해결해 주는 사람은 자식들이 아니라 시니어 타운에서 사귄 친구들이라는 것이다. 자식들은 멀리 떨어져 있어서 살아가는 데 아무런 도움이 못된다. 오직 이웃에 사는 친구들만이 도움을 줄 수 있고, 이들을 만나는 것이 유일한 낙이다. 그런데 이 친구들도 70세 이전부터 미리미리 사귀어야지, 85세가 넘으면 친구 사귀기도 힘들다고 '이토 할머니'는 말했다.

외로움은 혼자 사는 노인들이 겪어야 하는 최고의 형벌이다. 노년은 잴 수 없는 시계너머의 시간이고 세월이다. 고독은 병이고 외로움은 눈물이고 서러움은 애달픔이다. 그러나 노년은 다 끝난 인생을 덤으로 살아가는 여생餘生이 아니다. 늙어 가며 고독과 싸우지 말고 고독과 어깨동무하며 즐길 줄 아는 지혜를 찾아야겠다.

노년의 친구

며칠 전 중, 고등학교 동기생 친구 S군이 또 타계를 했다.

나이를 먹을수록 친구들이 하나둘 씩 세상을 떠나가고 있다. 친구親舊란 오래도록 사귀어 온 사람을 의미한다. 빈손으로 왔다가 빈손으로 가는 게 우리네 인생이다. 인생은 즐기면서 살다가 웃으면서 또 만나기를 바라는 관계여야 하는데 현실은 그게 아닌 것 같다.

살아가면서 욕심이 있다면 친구에 대한 욕심이 아닐까 싶다. 인간 수명이 늘어나 장수 시대가 된 오늘날 우리 주변에는 백세 인생이 늘어나고 있다. 우리의 백년 인생 여행에서 언젠가는 혼자가 될 때가 온다. 친구가 귀해지는 은퇴 시기에는 함께 이야기 할 상대가 더욱 필요하고 소중하다.

그리스의 어느 철학자는 이야기했다. '한 사람이 평생을 행복하게 살아가기 위해 필요한 것 가운데 가장 위대한 것은 친구'라고. 주어진 삶을 한평생 멋지게 엮어 가는 가장 큰 지혜는 우정友情이다. 그러기에 우정은 영원한 것이라고 하는 모양이다. 인간이 혼자서는 행복을 누릴 수 없도록 만든 건 신의 섭리일 것이다.

행복은 친구가 있는 사람만이 누릴 수 있는 특권이다. 부모와 자식, 친구, 스승과 제자 등 '사람끼리 인연' 속에서 인생의 운명은 결정된다. 운명은 타고난 것이 아니라 인간관계를 통한 선택일 뿐이다. 사람은 누구나 인간관계 속에서 자신의 내면을 일깨우고 운명을 개척한다. 스스로 운명을 개척할 수 있는 사람은 어떤 위기도 극복할 수 있는 에너지를 얻는다고 한다.

'좁은 문' 작가 앙드레 지드는 말했다. 늙기는 쉽지만 아름답게 늙기는 어렵다고. 인간은 누구나 늙게 마련이다. 아무리 인간 수명이 늘어나 장수시대가 됐다고 해도 늙지 않는 사람은 없다. 젊은이들은 흡사 늙지 않을 것처럼 살지만 그들도 역시 늙게 된다. 인간이 늙는다는 것은 보편적인 자연현상이지만 아름답게 늙는다는 것은 선택적인 것 같다. 아름답게 늙기 위해서는 그에 상응하는 대단한 노력이 있어야 하기 때문이다. 우리 주변을 살펴봐도 그냥 늙어가는 사람은 많아도 아름답게 늙는 사람은 드문 것 같다. 아름답게 늙어가면 그 삶의 질은 윤택해지고 남이 보기에도 좋다.

세월이 가면 갈수록 내 주위 사람들은 하나하나 떠나기 마련이다.

일상생활이 외로워지고 고독할수록 가장 곁에 두고 싶고, 가장 그리운 게 친구가 아닐까 싶다. 노년에 친구가 많다는 것은 무엇보다 큰 행복이다. 좋은 친구들과 함께라면 아무리 먼 길이라도 즐겁게 갈 수가 있다.

이별이 점점 많아져 가는 고적한 인생길에서 서로 안부라도 전하며 종종 만나야 한다. 빈대떡에 막걸릿잔이라도 부딪치며 회포를 풀고 격려하며 즐거운 시간을 가져야 한다. 그게 행복한 노년의 삶을 구축하는 데 크나큰 활력이 될 것이다. 노년의 친구는 단순한 친구가 아니라 나에겐 소중한 보물과 같은 존재로 여겨진다. 노년의 친구에게는 내 속내를 드러내도 부끄럽지 않다.

세상 살아가는 이야기를 해도 편안한 사이다. 노년에 마음만 먹으면 언제든지 만날 수 있고 대화할 수 있는 친구가 있다는 건 스스로의 마음을 든든하게 한다. 마치 잔액이 두둑한 예금통장을 쥐고 있는 것처럼.

어디선가 읽은 적 있던 글이 새삼 떠오른다.

꽃잎 떨어져 '바람인가' 했더니 세월이더라.
차창 바람 서늘해 '가을인가' 했더니 그리움이더라.
그리움 이녀석! '와락 껴안았더니' 노년의 눈물이더라.
세월 안고 '눈물 흘렸더니' 어느덧 노년의 아쉬움이더라.

나이 들어가면서 친구는 귀중한 자산이다. 인생의 삶에 활력을 주는 원기소 같은 존재다. 많은 친구들과 만나 커피라도 한 잔 마시며 서로 소통하고 위로하며 즐거운 시간을 보내자. 삶을 토론하고 인생을 논할 수 있는 노년의 친구는 행복한 여생의 동반자다.

야속한 코로나 역병은 노년의 친구들에게도 시련을 안기고 있다.

일 년이 넘도록 노인정의 문을 굳게 잠가 놓고 친구들 만남을 방

해하고 있는 코로나가 저주스럽다. 어서 노인정 문이 열려 노년의
친구들에게 활력이 넘치는 시절이 되었으면 좋겠다.

강냉이 사장님의 행복

지하철역 출구를 나서면 마을버스 승강장이 나타난다. 승강장 옆 빈자리에 뻥튀기를 하는 노인이 한 분 계시다. 소형 화물차를 개조하여 이동식 가게를 차렸다. 차 짐칸에 포장을 쳐 점포를 만들고 쌀과 옥수수튀김 자루를 수북이 쌓아 놓았다. 화물차 안에서는 뽕짝가요 음악 소리가 쉬지 않고 흘러나온다.

베니어판에 휘갈겨 써 붙인 간판이 이채롭고 재미있어 보인다.

회 사 명 ; 뻥튀기 주식회사
대표이사 ; 강냉이
가입협회 ; 먹어서 남 주나

자그마한 키에 깡마른 70대 노인이 주인공이다. 언제 보아도 미소 띤 한결같은 표정으로 어린아이들, 애기 엄마들과 스스럼없이 대화를 나누며 활기차게 장사를 하고 있는 것이다. 그곳을 지날 때마다 그를 바라보며 떠오르는 생각이 있다.

인생의 목적이라는 게 과연 무엇일까? 인생의 성공과 행복은 같은 것일까?

인생의 성공과 행복은 같을 수 없다는 생각이 든다. 인생의 목적은 성공이 아니라 행복에 있다. 성공을 위해 피나는 노력을 기울이면서도 자신의 행복을 위해 노력하는 사람은 그리 많지 않다는 것은 몹시 의아하다.

사람들은 저마다 각기 다른 관점에서 행복을 정의하며, 다른 방법으로 행복을 추구한다. 같은 조건에서도 행복을 느끼는 사람과 불행을 느끼는 사람이 있다.

같은 상황에서도 희망을 노래하는 사람이 있는가 하면 절망에 빠지는 사람이 있다. 결국 중요한 것은 각 개인의 삶을 누리는 자세요, 태도에 있다. 사람들은 행복을 위해 노력하지 않고 오직 성공만을 위해 노력을 기울인다.

돈, 명예, 권력, 직업적인 성공을 목표로 살아가며, 그 목표가 달성되면 행복은 저절로 얻을 수 있다고 생각한다.

안타깝지만 행복은 결과가 아니라 과정인 것이다.

철학자 칸트는 행복의 원칙으로 세 가지를 이야기했다. "첫째는 어떤 일을 할 것, 둘째 어떤 사람을 사랑할 것, 셋째 어떤 일에 희망을 가질 것"이라고 말한 것이다. 사람에게 희망은 꿈이다. 세상에는 두 종류의 사람이 있다고 한다. 꿈을 꾸는 사람들 그리고 꿈을 잃어버린 사람들.

모든 사람들이 청춘의 시절에는 푸른 꿈을 안고 인생을 출발한다. 그러나 오래지 않아 꿈을 포기하고 하루하루를 그냥 살아가며 현실에 안주한다. 우리네 인생의 목적은 생존이 아니다. 인생은 꿈과 사랑을 찾아가는 여행이요, 모험의 길인 것이다. 꿈과 희망, 사랑이 없는 인생은 암흑의 세월을 사는 것이 아닐는지 모르겠다.

대구 지하철 참사나 미국의 9·11 테러 사건의 현장에 있었던 사람들의 공통점이 있었다고 한다. 그들 모두 마지막 죽음의 순간에 자신의 가족이나 가장 소중한 이들에게 전화를 걸어 "사랑한다"고 말하려 했다는 것이다. 인간에게 닥치는 한계 상황에서도 사랑의 감정이 얼마나 소중한 것인지를 실증하는 이야기이다.

예술은 길어도 인생은 짧다고 했다. 사랑할 사람이 있으면 내일로 미루지 말고 오늘, 지금 사랑하자. 과거는 이미 흘러가 버렸고, 미래는 아직 다가오지 않았으니 우리에게 남은 것은 언제나 현재뿐이다. 지금 당장 가장 소중한 사람에게 "사랑한다"고 말해 보자. 가족에게, 연인에게, 친구에게 사랑한다고 고백해 보자. 사랑만큼 커다란 행복은 어디에도 없다.

사람은 사회적 존재, 관계의 동물이다. 태어나서 죽을 때까지, 그야말로 수많은 인간관계를 맺으며 세상을 살아간다. 행복과 불행, 기쁨과 슬픔도 대부분 인간관계에서 비롯된다. 좋은 인간관계가 사랑과 행복을 보장한다.

사람은 성공해서 행복한 게 아니라, 행복해서 성공할 수가 있는 것이다.

뻥튀기 회사 노인 사장님은 늘 행복해 보인다. 작은 것이지만 꿈과 희망을 잃지 않고 소박하게 사는 모습이 아름답다. 행복하기 때문에 성공한 인생을 사는 분 같다는 생각이 머리에서 떠나지를 않는다.

헬렌 켈러는 "행복의 한쪽 문이 닫히면 다른 쪽 문이 열린다. 그러나 흔히 우리는 닫힌 문을 오랫동안 보기 때문에 우리를 위해 열려 있는 문을 보지 못한다"고 했다.

꿈을 버리지 말고 '내일 죽을 것처럼' 오늘을 사랑하며 살아가자.

요양원

사람은 나이가 들어 늙어가면 어린애처럼 속이 좁고 약해지게 마련이다.

스스로의 몸을 가누지 못하면 다른 사람에게 의지하며 살아가지 않을 수가 없다. 결국 본인이 원하건, 원하지 않건, 자식이나 배우자가 있건 없건 대부분 요양원이나 요양병원에서 생의 마지막을 보내게 된다. 돈이 있건 없건, 세상감투를 썼건 못썼건, 잘 살았건 못 살았건 누구나 다 마찬가지다.

고려시대부터 있었다고 하는 고려장 이야기가 요즘 자주 회자膾炙되고 있다. 고려장이 있었던 그 시대는 60세가 넘어 늙고 쇠약한 부모를 자식들이 지게에 지고 먼 산속으로 가 버렸다고 했다. 빈곤하고 어려운 집안 형편 때문에 살아있는 부모를 산속에 버린 셈이다.

오늘날의 요양원이나 요양병원이 노인들의 고려장터가 아닐까 생각할 때가 있다. 자식들에게 떠밀려 가든, 다른 사정이 있든 그곳에 한번 들어가면 다시는 나오기가 힘든 곳으로 보인다.

그곳에 유배되면 살아서 다시는 자기 집으로 돌아가지 못하고, 대개는 그곳에서 생을 마감하는 현실이다. 요양원이나 요양병원을 현대판 고려장터라는 생각을 지울 수 없는 이유다. 요즘 요양원은 본인이 가고 싶어 가는 곳도, 가기 싫다고 안 가는 장소가 아니다. 육체적으로나 정신적으로 한계상황을 맞은 사람이라면 누구나 들어가 살다가 생을 마감해야 하는 피할 수 없는 곳이다.

사람이 늙고 병이 들어 스스로 몸을 가누지 못하고 정신이 혼미해지면 다른 이의 도움을 필요로 한다.

옛날에는 자식이나 배우자 가족들이 환자를 보살피고 도와주었다. 먹는 것 입는 것, 오줌똥 받아내는 일부터 목욕까지 가족들 손에 맡겨야만 했었다.

그 가정의 일상은 비정상이 되고, 행복이 깨져 불행한 가정으로 전락한다.

평화롭고 행복한 가정이 안정적이고 건전한 사회나 국가를 유지해 나갈 수 있다. 건강한 국가나 사회의 기틀은 단란하고 행복한 가정으로부터 나온다.

우리나라에서도 노인 문제로 발생하는 가정의 어려움을 국가나 사회가 해결해야 한다는 취지의 요양원(병원) 제도가 정착되고 있는 것 같다.

우리 사회는 아직도 전통적 유교사상이 남아 있다. 늙은 부모를 내 집이 아닌 다른 시설로 모시고 간다는 것은 선뜻 내키지 않는 일이다.

어머니께서 요양원에 계시다가 돌아가신 지도 어언 10년이 훨씬 지나갔다.

가족들과 상의를 하고 어머니를 모시고 처음 요양원을 가던 날은 내 생애 가장 슬픈 날이었다. 평생을 살아오신 정든 고향집을 떠나 요양원에 도착해 당황하고 두려워하시던 어머니 모습이 너무도 불쌍했었다. 낯선 곳에서 처음 만나는 사람들을 불안한 눈으로 바라보셨다.

내 이름을 부르시며 살던 집으로 가자고 애원하시는 어머니 얼굴을 도저히 바로 볼 수가 없었다. 애처롭게 사정하며 고향으로 가자고 하시던 어머니의 처연한 그 모습을 생각하면 지금도 눈물이 난다. 평생 어머니께 죄를 지은 것 같다.

시간이 지나며 요양원 생활에 잘 적응하셨다. 조용하고 깨끗한 환경 속에서 정답고 친절한 직원들의 도움을 받으며 평안하게 여생을 사시다 돌아가셨다.

돌이켜 생각해 본다. 집에서 어머니를 모셨으면 요양원에서처럼 깨끗하고 평안하며 살뜰하게 보살펴 드릴 수 있었을까?

사람의 연령은 자연연령, 건강연령, 정신연령, 영적연령 등이 있다고 한다.

영국의 노인심리학자 '브롬디'는 인생의 4분의 1은 성장하면서 보내고 4분의 3은 늙어가면서 보낸다고 했다. 인간이 성장하면서 보내든 늙어가면서 보내든, 인생길을 보면 까마득하고, 뒤돌아보면 허망한 것 같다.

어느 시인은 '예습도 복습도 없는 단 한 번의 인생길'이라고 말했다.

사람은 사람답게 살고(Well-being), 사람답게 늙고(Well-aging), 사람답게 죽자(Well-dying)는 말이 있다. 사람이 아름답게 죽는다는 것은 여간 어려운 일이 아니다. 그러나 보다 더 어려운 것은 아름답게 늙는 것이다.

사람은 누구나 예외 없이 늙고 병들어 죽게 되어있다. 수많은 노인들에게 요양원은 피할 수 없는 미래의 생활 터전이다. 창살 없는 감옥 같은 요양원이지만 그곳에서 의미 없는 삶을 연명하며 희망 없는 나날을 보내야 한다. 누구나 자신은 이렇게 될 줄 몰랐다 해도 결코 피할 수 없는 일이다.

우주만물의 탄생과 소멸의 이치가 그러거늘… 김수환 추기경 말씀이다.

"당신이 태어났을 땐 당신만이 울었고
당신 주위의 모든 사람들이 미소 지었습니다
당신이 이 세상을 떠날 때엔 당신 혼자 미소 짓고
당신 주위의 모든 사람들이 울도록 그런 인생을 사십시오.

*고려장은 쇠약한 부모를 산에다 버렸다고 하는 장례 풍습으로 효孝를 강조하는 일부 설화에서 전해지지만 역사적 사실은 아니다.

스물한 마지기

마지기란 논이나 밭의 넓이 단위를 이르는 말이다. 내가 어린 시절 동네 어른들은 우리 집 논배미 이름을 '스물한 마지기'라고 불렀다. 동네 들녘에서는 가장 넓은 면적의 논이었다. 경지정리가 안된 다락논이 많던 시절이라 큰 면적의 논은 모두에게 부러움의 대상이었던 것 같다. 대농가였던 우리 집안 재산목록 1호였을 것이다. 농업국가로 쌀이 농촌경제의 중요한 수단으로 여겨지던 시절이다. 벼농사의 중요성은 무엇보다도 컸다.

이른 봄 모내기를 할 때부터 한 해 농사가 시작된다. 수십 년 세월이 지난 지금 회상해 보아도 농촌에서 모내기를 하던 풍경은 한 폭의 그림 같았다.

봄철 이른 새벽부터 수십 명 일꾼들이 물에 잠긴 논으로 모여든다. 볍씨를 뿌려 파랗게 자란 묘판에서 모를 찌어 짚으로 묶는다.

모를 찌며 어느 할아버지가 부르시던 농요農謠는 왠지 구슬프고 처량하게 들리는 것 같았다. 짚으로 묶은 못단들을 논바닥 여기저기로 던져 놓는다. 이어서 모내기 작업이 시작되면, 긴 못줄을 논둑 양편에서 잡고 줄에 맞추어 일꾼들은 분주하게 모를 심고 있었다.

며칠 후면 심어 놓은 어린 벼 싹은 땅 내음을 맡고 파릇파릇 곧게 자란다. 모 포기가 붙어나고 커가는 동안 우리 집 논은 광활하고 시원한 녹지대가 된다. 야산의 수목과 들녘의 논배미가 어울려 우리 동네는 아름다운 푸른 동산 같았다.

벼 이삭이 나올 무렵 전후가 되면 논바닥에 난 잡풀을 뽑는 논 매기 작업, 벼 이삭에 섞인 피를 뽑는 피사리 작업을 한다. 논매고 피사리 일을 하는 날 어른들은 북을 치고 장단을 맞추며 농가農歌를 합창을 하고 있었다. 흥겨워 부르는 농가 소리는 애잔하고 서글프게 들려 왔다.

벼 이삭이 나와 자라고 고개 숙일 때면 넓은 들녘에는 황금물결이 파도를 치는 것 같았다. 벼 이삭이 영글고 논바닥이 마르면 벼 베기 작업이 시작된다. 짚으로 묶은 볏단을 모아 볏가리를 쌓고 햇볕에 말린다. 말려진 볏단들은 시태바리로 운반되어 바깥마당에 산더미처럼 쌓여 있었다.

벼 타작을 하는 날 우리 집은 마치 동네잔치를 하는 분위기였다. 마당 한 편에서는 자리개질을 하고, 마당 가운데서는 탈곡기로 벼를 털고 있었다. 탈곡기 돌아가는 기계 소리, 자리개질 하는 일꾼들 기합소리, 볏가마니 지고 곡간을 오고 가는 젊은이들 고함 소리… 집안은 하루 종일 소란하고 야단법석이었다. 짧은 가을 해가 지고 저녁 늦게까지 마당질은 계속되었다.

마당질 일이 끝나고 나면 일꾼들은 먼지를 털고 우물가로 가 샘

물로 세수를 한다. 커다란 마당에 멍석을 깔고 저녁상을 차린다. 닭을 잡고 술을 올린 푸짐한 상은 일꾼들 하루의 피로를 풀어주고 위로해 주는 잔칫상이었다. 우리나라 인구의 80-90%가 농민이고, 쌀이 농촌경제의 중요한 경제적 수단이던 시절 우리 농촌의 벼농사 풍경이다.

자랑스럽던 우리 집 논도 흐르는 세월 앞에 변화의 급류를 벗어나지 못했다. 논 자리에는 사무실 건물과 커다란 창고가 들어서더니 이어서 교회 건물도 올라갔다. 풋살 구장, 실내수영장, 편의점… 어느 도시의 한 모퉁이에 들어선 느낌이 든다. 봄여름이면 녹색 광장, 가을이면 황금 물결치던 '스물한 마지기' 논배미는 어느덧 상전벽해桑田碧海로 바뀌고 말았다.

이 논배미는 조상들께서 내게 물려주시며 영원토록 보전해 주기 바라셨던 땅이다. 더러 이곳을 지날 때면 조상님들께 송구한 마음이 들고 한숨이 나오려 한다. 내 손으로 직접 농사를 지을 수 없으니 남에게 농사를 맡겨야만 했다. 농사일을 기피하는 요즘 농촌에서 농업소득을 기대하기 힘들다. 농사를 기피하는 농촌에 휴경 농지가 늘어나는 건 당연하다.

휴경 농지는 땅 주인에게는 애물단지가 되었다. 땅 때문에 부담해야 하는 공과금은 상상을 초월한다. 건강보험료는 물론 재산세 종합부동산세 등 공과금은 징벌금懲罰金을 연상하리만큼 가혹하게 부과된다. 상속받은 농지를 가진 죄로 손해를 보며 살아야 한다면 땅을 팔아야만 했다.

혹시 내가 세상을 잘못 산 것은 아닐까? 갑자기 이런 생각이 들 때도 있다. 인생에는 연습이 없고 막간의 훈련도 없다고 한다. 우리는 어디서 지혜롭게 살아가는 법을 찾을 수 있을까. 누구도 가르쳐 주지 않는 잔인한 삶이고 막막한 인생인가 보다.

식구食口

같은 집에 살며 끼니를 함께하는 사람을 우리는 식구라고 한다. 식구들이 함께 모여 생활하는 곳이 바로 가정이다. 가정은 인생의 안식처요 행복의 보금자리이다. 애정과 신뢰의 공동체이며 사회의 기본단위인 것이다. 가정처럼 따뜻하고 평안한 곳이 없다. 한 지붕 밑에서 한 솥의 밥을 먹고 동고동락하는 운명공체가 가정과 가족인 것이다. 식구라는 개념은 왠지 우리들 마음을 따뜻하게 감싸는 것 같다.

많은 식구들이 함께 살던 대가족 제도는 도시생활과 더불어 핵가족으로 바뀌었다. 세월 가며 핵가족은 어느덧 홀로 사는 1인 가구가 늘어나는 추세로 바뀌고 있다. 우리나라 전체 인구 대비 1인 가구의 비율은 30%가 넘었으며 증가세가 계속되고 있다. 결국, 국민 3명 중 한 명은 혼자 살고 있다는 이야기다.

요즈음 우리에게 식구라는 게 있는지 궁금하다. 옛날과 같은 진정한 가족 사랑을 느끼며 살아가는 식구라는 게 있기는 할까? 가슴을 따뜻하게 해주던 우리말 '식구'가 그립고, 그 시절이 애틋하고 간절하다.

한국인에게 가족이란 '한솥밥을 먹는 식사공동체'라는 뜻을 가지고 있었다. 내가 어린 시절 대농가였던 우리 집은 많은 식구들이 함께 살았다. 조부모, 부모, 삼촌과 고모들, 어머니 부엌 시중들던 숙이, 바깥사랑채에 기거하며 농사를 짓던 일꾼들… 15명이 넘는 대가족들이 같은 집에서 한솥밥을 먹으며 동고동락했지만, 평화롭고 행복했던 운명공동체 식구들이었다.

최근 우리나라 가정의 위기가 심각해지고 있는 것 같다. 전통적인 가족제도가 붕괴되고 있으며 가족끼리 함께 식사를 하지 않는 풍조가 만연하기 때문이다.

예전에는 남에게 자기 아내나 자식들을 소개할 때 '우리 식구'라는 말을 사용했다. 전통적인 우리 가족제도가 바뀐 것은 대가족이 핵가족으로 바뀌면서 시작되었다. 농경사회가 산업사회로 바뀌며 인구가 도시로 집중되며 가정은 핵가족화 되었다.

복잡한 도시생활은 온 가족이 함께 모여 식사할 수 있는 시간을 빼앗아 갔다. 아버지 출근시간과 자녀들 등교기간이 다르다 보니 아침에는 허둥지둥 헤매기 마련이다. 시간에 쫓겨 밥을 먹는 둥 마는 둥, 우유 한 잔 마시고 나가기 일쑤다. 저녁 시간도 가족 모두가 시간이 서로 달라 저녁밥을 한 식탁에서 먹기 힘들다. 식구들이 언제 귀가했는지도 모르고 각자 방에서 잠자기 바쁘다.

옛날에는 대부분 가정에서 늦게 귀가하는 식구들을 위해 아랫목이나 장롱 이불 속에 밥을 묻어서 따스하게 했다. 식구가 먹을 밥의 온도가 바로 사랑의 온도였던 것이다. 자식이 아무리 늦게 돌아와도 어머니는 뜨끈뜨끈한 국과 따뜻한 밥을 챙겨주셨다. 요즘은 전기밥솥이 그 자리에 놓여있고, 라면을 비롯한 인스턴트식품도 한몫을 하고 있다.

오늘날은 가정의 분위기나 가족 간 정서도 옛날보다 크게 바뀌고 있다. 밤늦게 귀가해서 아내에게 밥상 차리라고 하는 남자가 있을까? 자식이 뭐 좀 해달라고 했는데 해주지 못한 부모에게 '도대체 해준 게 뭐가 있느냐'고 따지는 자식에게 어떻게 대하고 있는가.

옛날에는 아내와 자식이 가장의 위압적인 언사에 상처를 받았다고 했다. 지금은 가족들이 가장에게 던지는 무심한 투정 한마디가 가장의 속마음에 피멍을 들인다. 그 누가 말했던가. 오늘날 아버지들은 '울고 싶어도 울 곳이 없는 사람'이라고.

사람에게는 누구나 생가生家라는 게 있다. 자신이 태어나고 살며 성장한 집을 이르는 것이다. 부모가 살고 내가 태어난 생가도 이제는 존재가 사라져 간다. 병원에서 태어나고 돌잔치 생일잔치는 호텔이나 식당에서 하며, 죽음도 병원에서 맞이하고 있지 않은가. 조상과 부모의 체취가 어려 있고 나의 첫 울음소리가 밴 생가는 이제 사라져 가고 있다. 가족과 가정의 해체는 식구의 소멸과 생가의 부재에서 비롯된 현상 같다.

시대와 사회가 아무리 변해도 자식들 결혼하고 분가할 때까지는 한 지붕 밑에서 살았다. 함께 밥을 먹고 지지고 볶는다고 해도 그들이 진정한 식구며, 삶의 행복이었다. 식구가 있는 가정은 훈훈하고 따스한 정이 오가고 서로 돕고 아끼며 보살피는 협동이 있었다. 대화와 이해가 있었고 신뢰와 정성으로 희생하는 휴머니티가 있다. 사회가 복잡해지고 생존경쟁이 심해질수록 우리에게는 생활의 보금자리가 필요하다. 식구와 가정은 인생의 영원한 안식처다.

어머니 마음

몇 해 전 미국 어느 초등학교에서 있었던 실화로 전해지는 이야기다.

과학 시간에 선생님은 학생들에게 시험문제를 냈다. "첫 글자가 M으로 시작되는 말 중 '상대방을 끌어당기는 성질과 힘'을 가진 단어를 쓰시오"였다. 시험의 정답은 자석(Magnetic)이었다. 그런데 85% 이상의 어린이들이 답을 어머니(Mother)라고 썼다. 고민하던 선생님은 마침내 어머니를 정답으로 처리했다는 것이다. 아이들이 상대를 서로 '끌어당기는 성질'을 가진 단어를 어머니로 기억하는 것은 너무나 당연했다.

얼마 전, 세상에서 가장 아름다운 말 1위로 선정된 단어도 어머니였다. 동서양을 막론하고 '어머니'는 나를 끌어당기는 나침반과도 같은 존재 같다.

오월은 신록의 달이고 봄꽃이 만발하는 계절의 여왕이다.

코로나 역병에 시달리며 2년 째 우리는 고난의 세월을 살아가고 있다.

며칠 전 신문에서 본 사진 한 장면이 마음을 울적하게 했다. 어버이날에 어머니 가슴이 아닌 요양원 유리창에 카네이션을 달며 오열하는 딸의 모습을 보며 나도 눈시울이 뜨거워졌다.

"어머니!
돌아가신 지 벌써 십 년 세월이 훨씬 더 지났습니다. 생전에 어머니께 지은 죄로 불효자는 울고 있습니다. 나에게 술이나 밥 한 끼 사주는 친구나 남들에게는 고마워 잊지 않고 불러내어 인사를 했습니다. 그러나 나를 위해 밥 먹여주시고 밤늦게까지 기다려 주시던 어머니께는 고마운 생각을 못 하고 살았습니다. 친구나 좋아하는 다른 사람에게는 사소한 잘못에도 사과하고 용서를 구했습니다. 그러나 어머니께 저지른 많은 잘못은 한 번도 용서를 구한 적이 없습니다. 한평생 사시던 집 떠나 낯설고 물 설은 요양원에 모시고 가던 날이었습니다. 떠나온 고향 집에 가시겠다며 애원하시던 가련한 어머니 모습이 저의 가슴에 못을 박았습니다.
죄송합니다. 잘못했습니다. 이 세상 떠나시고 모든 것 알게 되어 죄송합니다.
아직도 너무 많은 것을 알지 못해 송구스럽습니다. 오늘도 어머니 생각 간절하지만 다시는 볼 수 없는 먼 곳에 계십니다. 아낌없이 주는 나무처럼 늘 나를 먼저 생각해 주신 어머님! 이제야 어머님 마음 알 것 같은데 너무 늦었나 봅니다. 세상에서 제일 사랑하는 어머님! 다시 태어나도 꼭 함께하고 싶습니다."

높고 높은 하늘이라 말들 하지만

나는 나는 높은 게 또 하나 있지…

인간 생명이 태어나 제일 먼저 배우는 말은 '맘마'고 '엄마'다.

사람으로 태어나 제일 먼저 보는 것도 엄마의 눈동자다. 어머니보다 위대한 스승은 이 세상 어디에도 없다. 언제 생각해도 눈물이 나는 어머니다.

어느 누구에게나 어머니는 계시다. 젊은이건 나이든 어른이건 누구에게나 부르면 눈물이 나는 어머니다.

나실 제 괴로움 다 잊으시고

기르실 제 밤낮으로 애쓰는 마음…

아무리 패륜아 불효자식도 부르면 가슴이 저려오고 눈시울이 뜨거워지는 '어머니 마음'이다. 어머니는 기다림과 그리움의 대명사다. 사랑은 그리움이고 기다림이다. 그래서 그리움과 기다림은 사랑의 또 다른 말이다.

가족여행을 가서 자식이 늙은 어머니를 홀로 둔 채 가버려 경찰이 양로원에 입원시켰다는 소식을 심심치 않게 듣는다. 놀라운 것은 그 어머니는 아들의 이름과 주소를 결코 대는 일이 없다는 것이다.

자식은 어머니를 버려도 어머니는 자식을 버릴 수 없기 때문이다.

어머니는 모든 인간의 영원한 안식처이자 고향 같은 존재다.

모든 것을 다 품어 주시고 모든 것을 다 주고도 기억하지 않는 어머니! 그것은 영원한 향수이며 불러도 불러도 자꾸만 그리운 마음의 고향이다.

눈에 흙이 들어와도 부르고 싶고 안기고 싶은 어머니가 유독 많이 생각나는 오월이다.

아버지의 눈물

양력으로 1월 1일이 되면 우리는 새해가 되었다며 송구영신의 마음을 갖는다. 그러나 음력 정월 초하루 설날을 새해 시작으로 보고 나이도 한 살 더 먹는다고 생각하는 전통적 풍속은 아직도 연연하게 이어지고 있는 것 같다. 설날은 추석과 더불어 큰 명절임에 틀림이 없다.

부모님이 모두 세상을 떠나신 후 그동안 어머니에 대한 애절한 그리움과 아련한 추억에 늘 사로잡혀 있었다. 금년에는 설 명절을 쇠며 웬일인지 돌아가신 아버지 생각이 간절하게 떠올랐다.

아버지란 존재가 무엇일까? 전통적인 대가족 제도에서는 아버지의 위상이 절대적인 존재였다. 가장으로서 온 가족을 이끌고 가정경제를 책임지며 가족들 안위安危를 책임져야만 했다. 세월 가며 산업사회가 되고 도시생활과 핵가족제도가 정착하며 아버지의 위상은 초라한 존재가 되었다. 대부분 가정의 경제권은 어머니들이 차지하고 있다. 자녀교육을 비롯한 가정의 운영권이 어머니에게 넘어간 것이다. 아버지의의 역할이 줄어들고 초라한 존재가 되어가는 안타까운 현실을 맞고 있다.

새벽에 집을 나가 일터로 가면 저녁에 들어와서 자식들 얼굴 마주하기가 힘든 세상이 되었고, '기러기 아빠'로 처자식들과 떨어져 사는 아버지들이 늘어나고 있다. 자식들 결혼하고 독립하면 아버지의 존재는 더욱 희미해진다. 그 집 아버지의 서열이 반려견伴侶犬보다 못하다는 농담이 나올 정도다.

사람은 누구에게나 아버지가 있다. 어릴 적 내가 세월가면 어느새 아버지가 되고, 내 자식이 아버지가 되었을 때 나는 늙은 할아버지가 되는 게 세상 살아가는 이치다.

아버지에 대한 나의 잊지 못할 추억이 있다. 내가 고등학교 3학년 때 대학입시에 낙방을 했을 때다. 대학교 진학은 꼭 서울로 가야겠다는 야심에 차있던 시절이다. 집안 어른들은 명문대학이 아니면 서울로 유학은 안된다고 하셨다.

마음의 갈등을 느끼며 서울로 가 대학입학 시험을 치렀다. 초조하게 합격자 발표를 기다리던 날 아침이었다. 밥상머리에서 아버지는 내게 '대학 갈 생각 말고 취직이나 하라'며 역정을 내시는 것이었다. 할아버지께서 아버지를 만류하시며 자초지종을 듣자고 하셨다. 아버지는 합격자 발표 전날 내가 낙방한 걸 확인 하셨다고 했다. 낙담하신 아버지는 허탈하고 서글픈 표정에 눈가에 물기가 일었던 것 같다.

나는 울며 밖으로 나와 어디론가 한없이 걸었다.

일제 치하에서 아버지는 지금 서울대학교 농과대학 전신인 '수원 고농'을 졸업하시고 공무원으로 근무하고 계셨다. 우리나라 인구의 80-90%가 농민이던 시절이다. 아버지는 그 학교에 합격하기 위해 몸무게가 주는 줄도 모르고 밤을 새워 공부했다며 나를 격려하셨다. 자식의 명문대학 입시 낙방이 아버지께는 자존심 상하고 한이 맺히셨을 것이다.

'근면 정직 성실'이라는 우리 집안 가훈을 지키며 한평생을 살다 가신 아버지시다. 농촌사회 대농가에서 생활하시며 모범 공무원으로 대통령 훈장을 받으셨다. 옛날에 분뇨糞尿를 퇴비로 사용하던 시절이다. 인분을 담아 지게로 지고 논밭으로 옮기는 운반수단인 '똥장군'이 있었다.

"똥장군을 지는 도청 과장"이라는 세상 사람들 칭찬하는 이야기도 들으셨다. 농민들과 뜻을 함께하겠다는 굳은 의지로 세상을 사셨다. 내가 대학을 다니다가 학보로 입대하여 군 생활을 하던 때다. 병영으로 매달 월간지 '사상계'를 보내시고 책머리에는 늘 '안전보장 규정 엄수'라고 쓰셨다. 부대장에게도 몇 차례 격려의 편지를 보내셨던 것 같다.

나는 아버지가 살다 가신 것처럼 세상을 정직하고 근면하며 성실하게 살고 있는 것일까? 세월 따라 세상 살아가는 모습도 바뀐다지만 아버지의 훌륭했던 삶에는 미치지 못했다는 자책감이 든다. 나의 대학입시 낙방으로 소란스러웠던 그 날 할아버지 앞에서 흘리시던 아버지의 눈물을 생각하면 내 눈시울도 축축해진다. 아버지를 실망하게 해 드리고 서운하게 해 드린 불효不孝는 내 평생 잊히지 않을 것 같다. 올해 설 차례에서 아버지께 무언의 사죄를 드렸다.

4부

인생삼락

세상을 살아가며 인생의 세 가지 즐거움이라는 뜻으로 예부터 '인생삼락' 이란 말이 전해져 오고 있다. 성현 공자는 배움과 실천, 친구 사귐, 마음의 여유를 인생의 세 가지 즐거움이라고 했다.

걷기 예찬

    사람이 일반 동물과 크게 다른 점은 꼿꼿이 서서 두 발로 걷는 기능이라고 인류학자들은 말한다. 그러나 현대인들은 자동차를 비롯한 운송수단의 발달로 직립보행의 기능을 잃어가고 있는 것 같다. 자동차로 인해 인류의 행동반경은 넓어졌다. 그러나 인간이 내 다리로 땅을 딛고 걸을 때의 든든함과 몸의 균형감각은 감소하고 있다. 의사들마다 건강의 비결로 두 가지를 들고 있다. 많이 걷고, 생수를 많이 마시라고 권한다. 걷는 것은 인간의 가장 기본적인 동작의 하나다. 그것이 원활하게 이루어지느냐, 아니냐에 따라 몸 컨디션의 척도가 된다.

    걷는다는 것은 자신을 세계로 열어놓는 것이다. 발로, 다리로, 몸으로 걸으면서 인간은 자신의 실존에 대한 행복한 감정을 되찾는다. 걷는다는 것은 곧 자신의 몸으로 세상을 사는 것일 뿐 아니라 침묵을 횡단하는 것이다. 걷는 사람은 시끄러운 소리에서 벗어나기 위해 세상 밖으로 외출하는 것이다. 걷고 있는 사람은 끊임없이 근원적인 물음에 직면한다. '나는 어디서 왔는가? 나는 어디로 가는

가? 그리고 나는 누구인가?' 순례자란 무엇보다 먼저 발로 걷는 사람, 나그네를 뜻한다.

나는 이제 직업란에 무직이 아닌 '걷는 사람(보행자)'이라고 써야 할 것 같다. 일상생활에서 하루 '만보 걷기'는 빼놓을 수 없는 소중한 시간이기 때문이다. 걷는 것이 건강에 좋다는 것은 정설로 굳어가고 많은 사람들이 열심히 걷는 것을 보게 된다. 걷기를 직업같이 하려면 어떻게 해야 할까? 우선 걷는 게 재미있고 즐거운 마음으로 받아들여져야 한다. 20년 넘게 걷기를 계속하는 나로서는 습관도 중요하지만 재미와 즐거운 마음이 아니면 어려웠을 것으로 생각된다. 하루 평균 1시간 30분 이상을 걷는 데 소비한다. 손목시계를 겸한 만보기는 내 몸에서 떼어놓을 수 없는 필수품이다.

걷기는 한국인의 5대 질병(고혈압, 심장병, 뇌졸중, 당뇨, 암)의 예방은 물론 치료에까지 크게 영향을 미친다고 의학 전문가들은 주장하고 있다. 걷는 것이 단순하고 기본적인 움직임 같지만 그게 아니다. 한 걸음 떼는 순간, 우리 몸속에는 200여 개의 뼈와 600개 이상의 근육이 일제히 움직이기 시작한다. 이에 따라 신체의 모든 장기들이 활발한 활동을 하게 된다. 이렇게 걷기는 단순하지만 아주 신비롭고 과학적인 움직임이다.

해맑은 얼굴로 아장아장 걷는 아기를 보면 두 발로 서서 걸어 다니는 행위가 사람에게는 본질적인 쾌감임이 틀림없는 것 같다. 걷기는 신체 건강뿐 아니라 정신건강에도 큰 도움이 된다. 지속적으로 걷는 사람은 그렇지 않은 사람보다 뇌의 하마가 2% 이상 확대되어 기억력이 크게 향상된다고 한다. 발에는 체내의 장기인 5장 6부에 반응하는 36개의 혈이 존재한다. 인체의 모든 신경 기관이 발에 연결되어 있어 발을 '인체의 축소판'이라고 한다. 발은 심장과 혈관을 건강하게 유지하기 위해 빼놓을 수 없는 존재다. 그래서 발을 '제2의 심장'이라고 일컫는다. 한의학적으로 발은 12개의 경락이 시작되는 곳이며, 발의 건강이 몸 전체의 건강과 직결되는 곳이다.

인생 80을 넘으면 고종명考終命을 생각하게 된다고 한다. 걷지 못하면 인생의 끝장을 맞게 된다. 걷는 활동력을 잃는 것은 생명 유지 능력의 마지막 가능성을 상실하는 것이다. 걷지 않으면 모든 것을 잃어버린다. 다리가 무너지면 건강이 깨진다.

그러하다면 걷기 운동을 어떻게 해야 할까?

이것은 시간과 노력과 끈기가 필요한 작업이다. 우선해야 할 일은 걷기의 마음가짐과 습관화가 가장 중요하다. 걷기는 괴로운 노동운동이 아니다. 좋은 상태의 몸을 유지하기 위한 보약이라는 마음을 가져야 한다. 즐거운 마음으로 콧노래라도 흥얼거릴 것 같은 상쾌한 기분에서 걸어야 한다. 아침에 일어나 세수하고 아침 식사하듯 걷기가 습관화되어야 한다. 한 연구 결과에 의하면 보통사람이 습관화되는 데는 4주가 고비라고 한다. 4주 동안 똑같은 일을 반복하면 습관이 되고 안 하면 찜찜한 느낌을 받는다고 한다.

즐거운 마음, 기분 좋은 마음, 상쾌한 마음으로 출발하자. 언제 어디서나 시간 나면 무조건 걷자. 동의보감에서도 '보약보다 식보요, 식보보다 행보行步'라 했다. 서 있으면 앉고 싶고, 앉아 있으면 눕고 싶은 고령의 나이, 누우면 약해지고 병들게 마련이다. 걸으면 건강하고 즐거워진다. 스트레스, 절망감, 질병…. 모두 걷기가 다스린다.

지금 당장 박차고 일어나라! 운동화 하나 신으면 준비는 끝이다. 앞산도 좋고 뒷산도 좋다. 개울가도 좋고 동네 한 바퀴도 좋다. 어디를 가도 부지런하고 건강한 사람들과 만난다. 걷다 보면 몸과 마음이 가뿐해지고 자신감과 즐거움이 당신을 어느새 콧노래를 부르게 할 것이다.

한국전쟁 추억

해마다 6월이 되면 가슴 시리게 적셔 오는 추억이 떠오른다. 초등학교 5학년 때 겪은 6·25 한국전쟁과 피난생활 추억이다. 1950년 6월 25일 새벽 북한 공산군이 불법 남침하여 며칠 만에 서울이 공격을 받고 정부도 부산으로 수도를 옮겼다. 파죽지세로 공격해 오는 북한군에 밀려 국민들도 남쪽으로 허둥지둥 피난 행렬이 이어지고 있었다.

어머니 곁은 떠나기 싫었지만 나는 아버지 뒤를 따라 피난길에 나서지 않을 수 없었다. 안락하고 정든 집을 떠나 난생처음으로 객지 생활이 시작된 것이다. 하늘에는 호주기(전투기) 편대가 굉음을 내며 날아다니고, 북녘에서는 그치지 않고 포성이 들려오고 있었다. 봇짐을 진 피난민들은 긴 행렬을 이루어 남으로 남으로 걷고 있었다. 완전무장을 한 국군들을 태운 트럭이 뽀얀 먼지를 일으키며 북쪽으로 달려간다. 피난민들은 국군을 향하여 손을 흔들며 무운장구를 빌었다.

7월의 뙤약볕 더위에 온몸은 땀에 젖고 갈증에 시달리며 계속 걸어야만 했다. 도로가 나무 그늘에 앉아 미숫가루 물로 허기진 배를 채우고 일어나 무거운 발길을 옮겼다. 긴 여름 해가 기울면 잠을 잘 곳을 찾아야 한다. 처음 보는 낯선 동네에 들어서면 이곳저곳 기웃대며 잠잘 곳을 찾는다. 집주인이 허락해 주는 헛간이나 처마 밑 공간이 그날 밤의 잠자리였다. 풍찬노숙風餐露宿 고달픈 피난살이는 이렇게 계속되었다. 어느 날부턴가 식량과 반찬이 모두 소진되는 것 같았다. 아이들은 빈 그릇을 들고 남의 집 대문 앞에서 구걸도 해야만 했다. 몰려드는 피난민 인파에 인심도 사나워지는 것 같았다.

16개국 유엔군 참전과 인천상륙작전으로 공산군은 북으로 퇴각하기 시작했다. 집을 떠나 피난길에 오른 지 석 달 만에 그리던 고향 땅에 도착했다. 추석 보름달이 둥글게 커가는 어느 날 밤 그리운 우리 집 대문을 두드렸다. 헤어졌던 가족들은 부둥켜안고 통곡의 시간이 이어졌다.

한국전쟁이 발발한 지 71년째다. 1950년 6월 25일 북한 공산군이 남침한 지 3년이 지나고 1953년 7월 27일 휴전협정으로 전쟁은 멈추었다. 그러나 한반도는 아직도 분단 상태다. 한반도에 1천만 명 이산가족이 발생하였고, 3천만 남북한 인구의 7분의 1이나 되는 엄청난 사상자를 낸 민족의 비극이었다.

전쟁이 종식된 지 70년이 지나고 아직도 분단 상태지만 대다수 국민들은 한국전쟁의 비극과 참상을 잘 모르고 있는 것 같다. "북한의 남침이 아니라, 남한의 북침"이라는 한국전쟁 역사 왜곡까지 하는 정치인들도 있다. 국정 책임자인 대통령을 비롯한 집권세력 정치인들은 전쟁 당시 세상에 태어나지 않았거나, 어린 시절이라 전쟁의 참상을 제대로 모른다.

대다수 우리 국민들이 알지 못하는 사실이 있다. 20세기 프랑스 지성계의 대표적인 두 인물, 우파와 좌파를 대표하는 레이몽 아롱(1905~1983)과 장폴 사르트르(1905~1980)에 대한 것이다. 두 사람은 동갑 친구로 파리 고등사범 동기동창이기도 했다. 그런데 좌파 대부 사르트르는 프랑스 사회에서 파문을 당했고, 우파 대부 아롱은 21세기 프랑스 국민 사부師父로 추대되었다. 왜 이런 일이 벌어졌을까? 두 사람을 갈라서게 한 결정적인 사건이 1950년 발생한 6·25, 곧 한국전쟁이다.

사르트르는 "남한 괴뢰도당이 북한을 침략했다"라는 프랑스 공산당의 주장을 여과 없이 대변하였다. 반면 아롱은 종군기자로 한국전쟁에 뛰어들었다.

'르휘가로'지의 칼럼을 통해 "6·25는 소련공산당의 사주를 받은 김일성의 남침이라면서, 북한이 남한을 침략한 것은 제2차 세계대전 이후 가장 중대한 사건"이라고 북한을 규탄했다. 그러나 두 친구는 죽기 전 극적인 화해를 한다. 그리고 2017년 7월 2일 사르트르가 1946년 창간한 '리베라시옹(해방일보)'에 대국민 사과를 했다. 레이몽 아롱의 사상을 21세기에 꽃피운 사람이 지금의 프랑스 대통령 마카롱이라는 것이다.

어느 시대나 국가를 막론하고 나라를 잘 운영하기 위해서는 진보와 보수라는 양 날개가 필요하다. 그러나 그 전제는 병들지 않은 진보와 보수여야 한다는 것이다. 그런데 지금 우리의 진보는 주사파 운동세력, 다시 말해 종북 주사파가 지배하는 퇴행적 집단이라는 데 문제가 있다. 레이몽 아롱이 사르트르에게 했던 경고를 우리 좌파 진보 세력에게 하는 것 같다.

한국전쟁에서 목숨 바쳐 조국과 민족을 지킨 호국 영령들, 분단된 조국을 수호하다 산화한 천안함 용사들, 그들은 어느 누구보다 대한민국 애국자다. 왜 정부는 진정한 애국자들을 소홀하게 대하는지 모르겠다.

선유동 계곡(문학기행)

우리는 개미 쳇바퀴 돌 듯 되풀이되는 하루하루를 보내며 세상을 살아가고 있다. 어느 날 일상日常을 툭 털고 일어나 먼 곳으로 유람을 떠나는 여행은 늘 우리를 설레게 한다. '청솔문학 작가회' 문학기행도 연륜이 계속되며 이제는 긴 역사를 쌓아 가고 있다. 금년도 문학기행 목적지가 경북 영주시 가은읍 소재 선유동 계곡이었다. 대야산(931m)을 사이에 두고 10km 떨어진 충북 괴산군 땅에도 또 하나의 선유동 계곡이 있다는 걸 알았다.

경북 문경시 가은읍에 있는 선유동 계곡은 '문경 8경' 중 가장 으뜸으로 불리는 아름다운 계곡이다. 인공으로 쌓아 놓은 듯한 거대한 암석 사이로 맑은 옥계수가 흐른다. 계곡 굽이마다 폭포를 비롯한 명승지가 펼쳐지고 있다. 신선들이 하늘에서 내려와 아름다운 계곡에 취해 하늘로 올라가지 못했다는 그런 전설이 있는 곳이다. 하늘과 산과 계곡 사이를 흐르는 물이 유리알처럼 맑고 깨끗하다.

숲속은 날씨의 영향을 크게 받는 것 같다. 행사 준비차 선발대로 출발한 회원들로부터 계속 카톡과 전화가 왔다. 계곡에는 비가 와 바위 길이 미끄러우니 걷기에 조심하라는 연락이었다. 일행들이 모두 도착했을 때는 눈이 부시게 푸르른 날씨였다. 두터운 숲을 뚫고 비추는 7월의 태양은 숲속을 더욱 신비롭게 하는 것 같다. 30명 회원들이 모인 자리에서 동인지 '생각의 지평' 출간 기념식과 회장단이 취임식 등 공식행사가 끝나고 지정된 식당으로 이동을 했다. 각종 산채 나물을 비롯한 닭백숙은 또한 일미이었다.

즐거운 식사가 모두 끝나고 모두가 다시 행사장 장소로 되돌아갔다.

흐르는 계곡물에 발을 담그고 파라솔 밑에서 삼삼오오 담소를 나누는 일행들, 바위에 둘러앉아 노래를 합창하는 회원들, 더 높은 곳을 향해 등산을 하는 사람들… 유유자적 모두가 자유 시간을 즐기고 있었다. 나는 홀로 상류 계곡을 향해 걷기 시작했다. 소형차가 겨우 다닐 수 있는 길을 따라 계속 걷다 보니 긴 물줄기가 펼쳐지는 폭포가 나타났다. 숲을 뚫고 들어온 햇살에 비치는 폭포수 포말이 장관을 이루고 있다. 폭포수 주변으로 가 신발을 벗고 물속으로 들어섰다. 초여름 폭염인데도 물속은 섬뜩하게 찬 기운이 느껴졌다. 발이 시려 물속에 오래 머무를 수가 없어 밖으로 나왔다.

인파가 드물고 좀 더 한적한 길로 접어들어 걷고 있었다. 어디선가 이름 모를 새소리가 구슬프게 들려온다. 새소리도 이곳에서는 자연의 소리인 것 같았다. 자연이 들려주는 아름다운 음악 소리다. 이 아름답고 고운 새소리가 점점 사라지고 있다는 글을 어디선가 읽었던 것 같다. 참새 까치 꿩… 각종 희귀 조류들이 대기 오염과 인간의 손에 무참히 죽어 가고 있다는 것이다.

새가 깃들지 않는 숲은 이미 살아 있는 숲이 아니다. 마찬가지로 자연의 생기와 화음을 대면할 수 없을 때, 인간의 삶도 역시 크게 병든 거나 다름없다.

세상은 온통 입만 열면 하나 같이 경제개발 경제 성장을 외치는 세태다. 어디에 인간의 진정한 행복과 삶의 가치가 있는지 곰곰이 생각해 볼 때도 된 것 같다.

우리를 행복하게 해주는 것은 경제나 물질만 아니다. 행복의 소재는 여기저기 무수히 널려 있는 것이다. 그런데 행복해질 수 있는 그 가슴을 우리는 잃어가고 있다. 새들이 떠나는 숲은 적막해질 수도 있다.

오르막길을 멈추고 물가에 앉아 땀을 식혔다. 처음 와 본 선유동 계곡이 너무 감동적이라는 생각이 머리에서 떠나지를 않는다. 다시 내리막길로 접어들며 문득 허무한 기분이 드는 것이었다. 엊그제로 금년도 한 해의 반 토막이 떨어져 나가니 갑자기 세월의 안타까움을 느껴야만 했다.

독일의 유대인 사상가이자 유대교 종교철학자 마르틴 부버는 말했다. 하시디즘(유대교 신비주의)에 따른 〈인간의 길〉에서 한 말이다.

"너는 네 세상 어디에 있느냐? 너에게 주어진 몇몇 해가 지나고 몇몇 날이 지났는데, 그래 너는 네 세상 어디쯤 와 있느냐?" 이 글을 눈으로만 스쳐 지나치기보다는, 나지막하게 자신의 목소리로 자신에게 소리 내어 읽어보면 좋겠다는 생각을 가끔 해보았다. 우리는 각자가 자신이 지나온 세월의 무게와 빛깔을 가늠해 보며 여생을 살아가는 지혜를 찾아야 할 것 같다. 이번 선유동 계곡 문학기행에서 '세월은 오는 것이 아니라 가는 것'이란 말을 실감하는 순간이기도 했다.

비 내리는 남산 길

온종일 비가 내린다는 기상예보가 빗나가지는 않을까? 혹시나 하고 비가 오지 않기를 기대했지만 바람은 착각이었다. 일행들과 만나 지하철역에서 지상으로 나오니 굵은 빗줄기가 세차게 내리고 있다. 장마철 비는 언제나 예측 불허다. 모두 우산을 펼쳐 들고 국립극장 방향으로 걷기 시작했다.

비 때문인지 남산을 오가는 길은 무척 한산하다. 톡 톡 우산을 때리는 빗방울 소리가 정감 있게 들려온다. 러닝셔츠와 팬티만 입은 젊은 남녀들이 비를 맞으며 마라톤 코스를 힘차게 달리고 있다.

주말인데도 남산을 찾는 인파가 눈에 띄게 줄어든 것을 보며 코로나 역병이 세상을 변화시키고 있다는 생각이 든다.

35년차 된 '두꺼비 산악회'가 모이는 날이다. 수십 년 동안 비가 오나 눈이 오나 매월 한 차례 산행을 거르지 않았다. 코로나 사태로 등산모임을 중단한 지가 6개월이 지나갔다. 오랜만에 모임인 데 비가 내리고 있으니 짜증스럽고 야속한 기분이다.

남산 팔각정으로 가는 정상 길을 비켜 필동 방향으로 가는 자락 길을 걸었다.

빗물을 머금은 수목들이 한결 싱싱하고 청초해 보인다. 군데군데 작은 계곡에서 흘러내리는 도랑물 소리가 정겨운 느낌이다.

직장을 은퇴하기 전부터 이어져 온 산악회는 35년이 넘는 긴 역사를 쌓아 왔다. 한라산 백록담, 설악산 대청봉, 북한산 백운대… 우리나라 이름 있는 명산들은 모두 찾던 동호인들이다. 회원들 간은 물론 가족들까지 동반하고 해외여행을 할 만큼 친밀하게 지내는 보람찬 모임이다. 긴 세월이 지나고 회원들도 나이를 먹어 이제는 작고한 회원까지 나왔다.

등산도 그 모습이 옛날보다 많이 바뀌었다. 산행 코스도 옛날에는 높은 산 정상까지 올라가야 직성이 풀렸지만, 지금은 다르다. 둘레길 자락길이나 강변길 등 평탄한 길을 걷는다.

우리가 살아가는 세상은 그 모습이 각양각색이다. 사람들이 마주치는 모임도 그 나름대로 특색을 지니고 있는 것 같다. 친밀한 회원들끼리는 자기 가족들과 나눌 수 없는 이야기도 하게 된다. 개인의 사생활이나 고충, 가정의 애로사항까지도 친형제처럼 스스럼없이 나누며 살아왔다. 함께 한 긴 세월은 친밀감을 무르익게 하니 평소에도 호형호제하며 살아가고 있다. 빗길을 말없이 홀로 걸으며 오래전 어느 해 여름 등산 추억이 언뜻 떠올랐다.

그해 여름 7월이었던 것 같다. 한나절 더위를 피해 이른 새벽 등산을 하기로 했다. 행선지는 북한산 백운대로 하고 토요일 오후에 백운산장 대피소에 모였다. 산장에서 잠을 자고 이른 새벽에 산행을 하기로 예정되어 있었다.

산장에서 저녁 식사를 하고 고스톱 화투를 시작한 게 사건의 발단이 되었다.

새벽 등산에 대비해 대부분 회원들은 일찍 잠자리에 들었다. 화투를 잡은 몇몇 회원들은 끝내 밤샘을 하며 새벽을 맞은 것이다. 산행 출발 임박한 시간에 바깥에 나갔던 한 회원이 황급히 뛰어 들어오며 '큰일났다'고 고함을 쳤다.

화투판을 뒤집어엎고 모두 바깥으로 뛰어나갔다. 안개 속에 부슬비가 내리고 저만큼 떨어진 백운대 높은 바위 위에 한 사람의 모습이 보인다. 팬티만 입은 나체로 바위벽에 배를 부딪치고 있는 것이다. 마치 자해행위를 하려는 것처럼 보였다. 고스톱하며 밤샘한 회원들에 대한 무언의 항의성 시위였던 셈이다. 밤을 새운 회원들은 새벽 등산이 어려울 터이니 등산 계획이 무산될까봐 취한 선의의 행동이기도 했다.

모든 사람들이 그에게 달려가 잘못했다고 사과해 사건은 수습되었고 그날의 등산은 계획했던 대로 끝이 났다. 우리 산악회 회원들끼리는 그 사건을 '백운대 배치기'라고 하며 두고두고 옛날이야기하며 즐거운 추억을 누리고 있다. 수십 년 오랜 세월이 지났어도 영원히 잊지 못할 추억이다.

우산 속에서 홀로 웃고 있으니 옆으로 다가온 회원이 즐거운 일이 있느냐고 묻는다. 국립극장을 거쳐 장충동 길을 걷는 동안 빗줄기는 더욱 거세지고 몸은 빗물에 흠뻑 젖었다. 대한극장 맞은편 충무로에 있는 어느 식당으로 들어서니 조용하고 평온한 기분이 들었다.

길상사

장마가 50일이 넘게 계속되고 후덥지근한 날씨다. 우산을 받쳐 들고 집을 나섰다. 북악스카이웨이로 들어서니 비가 그치고 있다. 장마철 비는 역시 변덕이 심하다. 촉촉하게 물을 머금은 나뭇잎들이 더욱 싱싱해 보인다.

20여 분을 걷다 보니 4거리가 나타난다. 정릉에서 성북동으로 이어지는 길과 스카이웨이 길이 합쳐지는 4거리다. 로터리 왼편으로 방향을 바꾸니 대사관로로 이어진다. 대사관로를 걸을 때마다 보면 각국 대사관 관저는 늘 조용하고 인적이 없다. 인적 없는 빈 동네를 지나가는 느낌이다. 10여 분을 더 걸어가니 저만치 길상사 경내가 바라보인다.

'삼각산 길상사' 현판을 내건 일주문을 들어서면 길상사다.

길상사는 1997년 12월 창건해 20여 년 지난 사찰이다. 역사는 짧지만 길상사를 찾는 이들에게는 이야기가 많은 곳이다. 대원각이라는 고급 요정집이 절집으로 탈바꿈한 것이다. 대원각은 삼청각, 청운각과 함께 서울의 3대 요정 중 하나였다. 요정 주인 김영한(법명;

길상화)은 법정 스님의 수필 '무소유'를 읽고 크게 감동하여 시주를 결심한다. 시가 천억 원이 넘는 대원각을 시주하려는 김영한과 '무소유가 삶의 철학' 법정 스님 사이에 권유와 거절이 10여 년간 이어지다가 법정이 시주를 받아들여 길상사가 탄생하였다.

시주를 한 김영한과 법정 스님의 역사가 감동을 주는 사찰이다.

길상사 경내 가장 높은 곳에 진영각이 있다. 그곳에는 법정 스님의 영정과 친필 원고, 유언장 등이 전시되어 있다. 법정 스님은 임종에 즈음하여 '의식을 행하지 말고, 관과 수의를 준비하지 말며, 승복을 입은 채로 다비하라'고 유언을 하였다. 유골은 진영각 오른편 담장 아래 모셨다고 한다.

길상사를 들어서면 커다란 관음보살상이 눈에 뜨인다. 보살상은 다른 사찰에서 본 것과는 다른 모습이다. 마치 성모 마리아상을 연상케 하는 보살상이다.

천주교 신자인 최종태가 종교간 화해와 화합을 염원하며 기증한 작품이다. 창건 법회 때 김수환 추기경이 축사를 했고, 석가 탄신일과 성탄절에는 서로가 축하 현수막을 내건다. 언제 봐도 흐뭇하고 아름다운 모습이다. 종교간 화해나 화합은 국민통합을 이루는 참된 길이다.

길상헌 뒤편에는 시주 길상화(김영한)의 공덕비가 있다. 길상화는 길상사 창건 법회 때 법정 스님이 지어준 법명이다. 공덕비 옆 안내판에 김영한의 생애와 백석의 시 한 편이 새겨져 있다.

가난한 내가/ 나타샤를 사랑해서/ 오늘밤 눈이 픽픽 내린다.로 시작되는 '나와 나타샤와 흰 당나귀'라는 시다.

백석은 길상화 그녀가 사랑한 시인 백석이다. 대한민국 사람들이 가장 좋아하는 시인이 윤동주라면, 시인들이 제일 존경하는 시인은 백석이라 했다.

백석은 그녀에게 '자야'라는 아호를 지어 줄 정도로 아끼고 사랑했다. 하지만 사랑의 결실을 보지 못하고 백석은 만주로 떠났던 것이다. 두 연인의 만남은 여기까지이었다. 서로 생사를 알지 못한 채 삶을 마감했다. 그녀는 대원각 요정을 시주하며 '그까짓 1,000억 원은 백석의 시 한 줄만 못하다'고 했다는 것이다. 길상화의 애틋하고 절절한 사랑의 감정에 숙연한 기분이 든다.

백석을 그리워한 길상화는 '내가 죽거든 눈이 많이 내리는 날, 유골을 길상사에 뿌려 달라'고 유언을 했단다. 길상화는 백석의 시에 등장하는 나타샤가 되고 싶었던 게 확실하다. 백석과 길상화의 시를 읽고 있으면 이곳에서 그들의 사랑이 이어지는 듯하다. 눈이 푹푹 내리던 날, 길상화는 이승을 떠나 하늘에서 백석을 만났을까? 사랑은 슬픈 것이라 했던 어느 시인의 글이 내 가슴을 때리는 것 같다.

길상사는 대도시 도심 속에 있는 청정한 공간이다. 사찰 경내는 울창하지는 않아도 숲의 느낌이 제법 진하고, 아름다운 정원을 바라보는 듯한 느낌이다. 보호수와 고목도 많고, 철 따라 들꽃이 피고 진다.

고목과 계곡이 어우러진 숲속에 놓인 벤치에서 길상사를 찾은 사람들이 도란도란 이야기를 나누고 있다. 길상사를 뒤로 하고 일주

문을 나서는데 비 그친 하늘에 반짝 햇살이 비친다.

* 나와 나타샤와 흰 당나귀 〈백석〉 *

가난한 내가/ 아름다운 나타샤를 사랑해서/ 오늘 밤은 푹푹 눈이 내린다

나타샤를 사랑은 하고/ 눈은 푹푹 날리고/ 나는 쓸쓸히 앉아 소주를 마신다/ 소주를 마시며 생각한다/ 나타샤와 나는/ 눈이 푹푹 쌓인 밤 흰 당나귀 타고/ 산골로 가자 출출이 우는/ 깊은 산골로 가/ 마가리에 살자

눈은 푹푹 내리고/ 나는 나타샤를 생각하고/ 나타샤가 아니 올 리 없다/ 언제 벌써 내 속에 고조곤히 와 이야기한다/ 산골로 가는 것은 세상한테 지는 것이 아니다/ 세상 같은 건 더러워 버리는 것이다

눈은 푹푹 내리고/ 아름다운 나타샤는 나를 사랑하고/ 어데서 흰 당나귀도/ 오늘밤이 좋아서 응앙응앙 울을 것이다.

삼각산三角山

　오랜만에 북한산 등산길에 나섰다. 우이동 경전철 종점에서 차를 내려서 보니 평일인데도 등산객이 꽤 많은 편이다. 코로나 때문에 집안에서 '방콕' 생활만 하던 시민들이 답답함을 달래려고 집을 나선 모양이다.

　간편한 등산복, 등산화 차림에 물 한 병 가방에 넣고 집을 나선 것이다. 일행 없이 혼자서 걷는 등산길은 몸도 마음도 한결 가벼운 기분이다.

　도선사를 찾아가는 신도들이 사찰 버스를 기다리느라 길게 줄을 서 있다. 혼자서 터벅터벅 산사를 향해서 걷기 시작했다.

　사람이 길을 걷는다는 건 발과 몸만 움직이는 게 아니라 마음도 함께 걷는 것이다. 울창한 수목들이 하늘을 가리고 계곡을 흐르는 맑은 물소리가 정겹게 들린다. 이제 곧 나뭇잎과 나뭇잎이 손에 손잡고 만산을 홍엽으로 물들일 것이다. 무르익어가는 가을과 함께 우리도 손에 손잡고 모두가 함께 익어가겠지.

　사람이 아름다움을 볼 수 있는 눈은 두 눈에만 있는 게 아니라 가습 속에도 있다고 했다. 인간에게 괴로움과 즐거움이 따로 없다. 모든 것이 자신이 스스로 생각하기에 달려있다. 마음을 놓고 고요히 사색에 잠기면 진실하게 사는 것이 최선임을 알게 된다. "사람은 관 속에 들어가 뚜껑을 덮은 후에야 자녀와 재물이 한갓 쓸모없음을 알게 된다." 얼마 전에 읽은 '채근담'의 글귀가 문득 생각나 실소를 했다.

대동문에서 땀을 식히며 잠시 쉬다가 능선을 따라 걸었다. 앞을 가로막는 웅장한 산세가 기를 누르는 것 같다. 북한산에서 가장 높은 백운대(836.5m), 동쪽으로 인수봉(810m), 남쪽으로는 만경대(국망봉 779m), 세 산봉우리가 뿔처럼 높이 서 있어 붙혀진 이름 삼각산이다.

이곳 백운대를 찾아올 때마다 떠오르는 글이 있다.

가노라 삼각산아
다시 보자 한강수야
고국산천을 떠나고자 하랴만은
시절이 하 수상하니 올동 말동 하여라

조선조 인조 때 문신 김상헌金尚憲의 시조다. 작자 김상헌은 병자호란 때 끝까지 청나라에 대항해 싸울 것을 주장한 주전파(척화파) 문신이었다. 주화파 최명길 등의 주장으로 인조대왕은 청나라에 항복하며 '삼전도 굴욕'을 치러야만 했다. 전란 후 김상헌은 소현세자

봉림대군과 함께 청나라에 볼모로 잡혀가는 처지가 되었다. 작자가 볼모로 잡혀갈 때의 심정을 나타내는 작품이다.

삼각산과 한강수는 조선조의 왕도王都를 상징하며, 조국애와 충정의 의미가 강조된다. 청나라로 끌려가던 작자는 조국을 떠나면서 그 서글픈 우국憂國의 정과 비분강개한 충정의 심정을 노래했다. 시조를 읽노라면 한 맺힌 볼모의 길을 떠나는 작자의 모습이 보이는 듯하다.

돌아올 기약 없이 조국을 떠나는 선비의 비분강개悲憤慷慨가 우리들 가슴을 아프게 한다.

병자호란은 임진왜란과 함께 우리 민족의 치욕이고 고난의 역사다. 험난했던 시국에 희생된 절개 있는 선비들이 수난당하는 모습이 엿보이는 듯하다. 삼각산과 한강수는 볼모로 잡혀가며 이 길이 마지막이 될지도 모르는 선비 작가로서는, 다시 한 번 불러 보고 싶은 이름이었을 것이다.

조국에 대한 뜨거운 사랑이 이 절규로써 간절하게 표현된 것 같다.

시국이 이렇게 어려우니 다시 조국 강산에 돌아올 수 있을지 없을지 의심하면서 떠나가던 찢어지는 심정은 우리 민족 모두의 아픈 가슴이었으리라.

백운대 가는 등산로를 비켜 보국 문으로 향했다. 정릉 계곡으로 하산을 하며 조선조 때 외침外侵과 수난의 역사를 생각해 보았다. 역사의 교훈을 아는 민족은 수난의 역사를 되풀이하지 않는다고 했다.

역사로부터 배우지 못한 자들은 그것을 되풀이하게 마련이라고
어느 사학자는 말했다.

낙엽을 쓸면서

어느새 11월로 성큼 들어섰다. 며칠 있으면 입동立冬을 맞이하게된다.

아침저녁으로 제법 차가운 기운이 몸을 움츠러들게 한다.

새로운 역병 코로나 때문에 세상이 시들한 느낌이지만 자연의 질서는 조금도 변함이 없는 것 같다.

버스 차창으로 바라본 북한산은 울긋불긋 곱게 물이 들어 있다. 도봉산 초입부터 계곡을 끼고 양옆으로 숲길은 붉게 물든 단풍들이환상적이다.

구름 한 점 없는 청명한 가을 날씨에 만산홍엽滿山紅葉이란 말이실감나는 계절이다. 이 가을에만 볼 수 있는 선물 같은 풍경이다.

만추의 아름다움에 취해 있는 사이 계절은 입동이 턱밑에 와 있다.

곱던 단풍잎들은 어느새 낙엽의 신세가 되었다. 하염없이 나부끼며 땅에 떨어지는 가랑잎이 애처로워 보인다.

이른 아침 산속에 있는 테니스코트를 찾아가니 밤사이 떨어진 낙엽들이 수북이 쌓여있다. 싸리빗자루를 들고 낙엽을 쓸어 모은다. 간간히 날리는 낙엽을 바라보니 쓸쓸하고 허탈한 기분이 든다. 가을이 애수의 계절 탓인지 문득 인생이 허무한 것 같은 감상이 떠오른다.

높고 푸른 하늘 아래 눈이 부시도록 붉은 빛깔을 뽐내던 단풍잎들이었다.

때가 되니 곱던 단풍잎들은 나뭇가지에서 힘없이 떨어져 낙화처럼 나부낀다.

나무들은 봄이 되면 꽃을 피우고 겨울이 되면 옷을 벗는다.

꽃들은 무슨 일로 피었다가 지는지 알 수 없지만, 우리가 살 만큼 살다가 때가 되면 삶을 마감하듯이, 생명의 질서에는 꽃이나 사람이나 다를 바 없는 것 같다. 꽃은 보는 사람에게 아름다움과 향기와 기쁨을 안겨준다.

한 송이 꽃이 메마르고 녹슬기 쉬운 우리들의 일상에 얼마나 위로와 기쁨을 주는가.

이 세상에 살아 있는 생명체는 서로 주고받는 관계 속에서 그 생명을 유지해 나간다. 뿌리는 대지로부터 끊임없이 받아들이고, 그 보상으로 꽃과 열매를 대지에 되돌려준다. 받기만 하고 돌려주지 않으면 그 생명은 지속할 수 없는 것이 우주의 순환질서요 자연의 법칙이다.

땅에 떨어지는 낙엽은 죽음을 두려워하지 않는다.

그냥 살아가다가 조용히 죽음을 맞이한다. 죽음을 두려워하는 것은 우리 인간뿐이다. 그것은 인간이 진정한 삶을 살지 못하기 때문인 것 같다.

삶을 마치 소유물처럼 생각하기에 그 소멸을 두려워하는 것이다. 그러나 삶은 소유물이 아니라 순간순간에 있음이다.

영원한 것이 이 세상에 없듯이 모두가 한때일 뿐이다.

그 한때한때와 하루하루의 삶을 최선을 다해 살 수 있어야 한다. 마치 오늘이나 올해가 생의 마지막이라는 자세로 세상을 살아가면 삶의 의미는 더욱 진지하고 의미심장할 것이다.

인간은 지나온 과거나 다가올 미래에 대한 짐을 벗어버리고, 오로지 이 순간 속에서 살아가는 홀가분한 자유를 찾아야 한다. 진정한 자유의지는 순수한 인간의 정신 속에서 나온다고 한다.

이 순간에 있는 그대로의 세상을 살아가는 사람한테는 사슬이 있을 수 없다. 과거에 대한 기억의 사슬도, 미래에 대한 욕망의 사슬도 모두가 없다.

인간의 삶이란 시냇물 흐르듯 담담하게 모든 것을 받아들여야 할 것 같다.

우리가 살아가는 이 우주는 하나의 커다란 생명체다. 우리들 자신 또한 그 생명체의 일부인 것이다.

그 커다란 생명체에 자신을 활짝 열어놓아야 진정한 삶에 다가설 수가 있다. 인간도 자연의 일부임을 부정할 수 없는 것 아닌가.

이제 만추가 지나고 초겨울이 되면 서릿바람에 낙엽이 모두 지고 앙상한 가지만 남는다. 낙엽은 그 근원인 뿌리로 돌아갈 것이다.

이 해가 다 가고 나면 낙엽도 모두 가버리겠지.

　가을은 쓸쓸한 계절이고 낙엽은 우리들을 허전하게 하는 것 같다.

중랑천

수은주가 영하 10도를 더 내려가는 강추위가 오래 계속되고 있다. 삼한사온이라는 겨울의 정취도 이제는 사라진 모양이다. 코로나 역병은 더욱 기승을 부리고 한파마저 겹치니 우울한 기분으로 나날을 보낸다.

사회적 거리두기 강화로 찾아갈 만한 곳이 없다. 실내 체육시설은 모두 문을 닫았고 운동할 수 있는 장소가 흔치 않다. 야외에서 걷기운동을 위해 요즘 자주 찾아가는 곳이 중랑천이다.

경기도 양주 불곡산에서 물길이 시작되어 의정부시를 지나 서울로 들어온다.

전체 길이가 36.5km, 서울 관내 19.38km, 평균 하폭 150m인 중랑천은 서울 동북부를 관통하여 한강으로 합쳐진다. 중랑천이 흘러가며 서울시 도봉, 노원, 성북, 중랑, 동대문, 성동구 등 행정 자치구의 경계 역할도 한다.

동호인 모임 K 회장 제의로 오늘은 창동교에서 북쪽 의정부 방향으로 길을 잡았다. 창동교에서 중랑천으로 들어서니 바로 산책길이

나선다. 강변길이지만 적당한 높낮이가 있어 걷기가 한결 좋은 편이다.

강둑 여기저기 희끗희끗 눈이 쌓여있어 한결 겨울 정취를 풍기는 것 같다.

강 한가운데로 맑고 깨끗한 물이 유유히 흘러 어디론가 가고 있다. 중랑천 한가운데 물길이 있고 왼쪽에는 도봉산, 오른쪽을 보면 수락산이 손짓을 하는 듯하다. 천변川邊 이곳저곳에 억새풀 군락群落이 눈에 들어온다.

며칠째 구름 한 점 없는 파란 겨울 하늘이 잔잔한 물위에 반짝이는 듯하다.

맑은 햇살을 받으며 하얀 억새꽃들이 춤을 추는 듯한 모습이다. 물길이 미치지 않는 모래사장에는 철새와 오리 떼들이 제철을 만나듯 즐겁게 놀고 있다.

한동안 걷다가 보니 햇살이 따스하고 아늑한 쉼터다. 벤치에 앉아 K회장이 준비해온 커피를 마시며 쉬고 있었다. 쌀쌀한 날씨지만 따끈한 커피 한잔이 몸을 녹이는 듯하고 기분마저 상쾌하다. 이런 저런 이야기를 나누다가 K회장은 '인간의 죽음' 문제를 꺼내는 것이었다. 순간 나는 아찔한 놀라움에 당황해야만 했다. 얼마 전 그는 상喪을 당해 배우자와 사별死別한 걸 나는 잊고 있었던 것이다. 다른 사람들보다 유난히 부부금슬이 좋았던 그는 지금 배우자의 죽음으로 엄청난 실의에 빠져있다. 한 사람이 겪고 있는 이별과 상실감에서 오는 슬픔과 상처를, 어떤 말로도 위로할 수 없어 안타까울 뿐이었다.

인간의 삶은 유한한 것이다. 우리의 삶 속에는 언제나 죽음이 내포되어 있다.

그 누구에게도 죽음이 있기 때문에 삶의 존재가 더욱 뚜렷하고 소중한 것이다. 우리는 평소 죽음을 의식하지 않고 지날 뿐, 언제나 죽음을 지니고 현실의 삶을 살아간다. 그만큼 죽음은 우리들 일상적 삶의 한 부분이다. 죽음과 삶은 결코 분리될 수 없으며, 삶이란 곧 죽음을 의미하기도 한다.

이 세상에 사랑하는 내 사람이 죽는 것만큼 큰 슬픔이 어디 있을까? '겪어보지 않은 사람은 모를 것…' 눈물을 흘리며 이어지는 그의 넋두리에 나도 눈시울을 적셔야만 했다.

상실과 이별의 감정은 누구에게나 엄청난 상처임에 틀림이 없다. 그러나 사랑하는 사람이 죽는 건 슬픈 일이지만, 그 슬픔을 놓아 버려야만 더 이상의 애통哀痛과 괴로움을 벗어날 수 있다. 또한 먼저 떠나가는 사람을 위해서도 슬픔을 훌훌 터는 게 좋을 것이다. 떠나는 사람에 대한 좋은 기억은 할 수 있겠지만 집착을 해서는 안 될 것이다. 나는 그리워서 우는데 떠난 이의 영혼은 허공을 맴돈다면 모두가 슬픈 일이다. 그를 위해서라도 가벼운 마음으로 보내줘야 하고, 나를 위해서 가볍게 떠나게 해 주는 게 도리일 것이다. 남은 가족들의 행복을 위해서라도 더 이상 붙잡지 않아야 한다.

많은 사람들은 삶이 곧 상실이고, 상실이 바로 삶이라는 것을 이해하지 못한 채 평생 상실과 싸우고 그것을 거부한다. 그러나 상실

없이 삶은 변화할 수 없고, 우리도 성장할 수 없는 것이다. 아름다운 과거도 거기에 집착하기보다는 지금 이 순간을 충만하게 살아야 한다. 순간순간 삶의 연장이 한 개인의 생애生涯이기 때문이다.

문득 만해 한용운 스님의 시구가 떠올랐다.

"임은 갔습니다.
아아 사랑하는 나의 님은 갔습니다.
우리는 만날 때에 떠날 것을 염려하는 것과 같이
떠날 때에 다시 만날 것을 믿습니다.

어느새 짧은 겨울 햇살이 서녘 하늘을 붉게 물들이고, 우리는 황혼녘 강변길을 오랜 침묵 속에 걸어야만 했다.

힐사이드(Hill Side)

극심한 소한 추위가 코로나 한파와 겹쳐 우리를 더욱 움츠러들게
했다.

이제 며칠 후(2월 3일)면 입춘으로 들어선다. 입춘이 되면 경자
년이 끝나고 본격적으로 신축년이 시작된다. 우리는 경자년 한 해
를 '한 번도 겪어보지 못한 고난의 세월' 속에서 살아야만 했다.

마스크라는 또 하나의 겉옷을 얼굴에 걸치고 일 년 넘게 일상생
활을 해 왔다.

아이들은 학교가 가고 싶어도 가지를 못했다. 때가 되어 식당에 들
어가도 전화번호를 적어놓고 신분을 밝혀야 밥을 먹을 수 있었다.

연초에 출발하기로 계약된 해외여행 계획도 수포로 돌아가고 말
았다. 국내 여행은 물론 각종 모임도 모두 중단된 채 답답한 한 해
를 보낸 셈이다.

사람 마주치기가 겁나고 서로를 외면하면서 하루하루를 살아왔
다. 친구들과 매월 만나 영화 관람을 하던 모임도 1년 넘게 끊어졌
다. 회식 모임 때 여흥으로 더러 찾던 노래방도 모두 문이 잠겨 있

었다.

돌이켜 보면 경자년 한해는 고통과 수난의 세월이었던 것 같다. 코로나 역병이라는 달갑지 않은 손님이 우리들 일상생활을 망쳐놓은 셈이다. '코로나19' 확진자가 급증하면서 지역사회 감염을 차단하기 위해 정부는 '사회적 거리두기'라는 수칙을 국민들에게 권고하기에 이르렀다. 많은 사람들이 모이는 행사 및 모임 참가 자제, 외출 자제, 재택근무 확대 등 일상생활을 구속받으며 1년 넘게 살아온 것이다.

숨 막히고 짜증스럽게 계속되는 '방콕' 생활 속에서도 내게 숨통을 트게 해 주는 곳이 한군데 있었다. 힐사이드(Hill Side). 언덕의 비탈, 또는 산허리를 이르는 정다운 우리말이다. 서울시 강북구와 도봉구를 잇는 '쌍문동 근린공원'이 있고, 공원 속 도봉산 방학능선 입구에 소재한 '힐사이드 테니스 코트'가 그곳이다. 전철 1호선 도봉역에서 차를 내려 10여 분 걸어가는 거리라 교통도 편리하다.

사면이 숲으로 둘러싸여 있어 외부와 단절된 조용한 공간이다.

봄이면 진달래 개나리꽃이 만발해 꽃동산을 이룬다. 작열하는 태양을 가려주는 숲속의 녹음은 한여름 더위를 식혀주기도 한다. 가을엔 노란 은행잎이 밤사이 수북이 쌓인다. 운동장에 쌓인 낙엽을 쓸어 모으는 작업도 만만치 않은 일이다. 1주일에 2~3일 코로나에 지친 동호인들이 모여 운동을 하며 휴식을 취하는 안식처인 것이다. 테니스 동호인 모임 '신오회'의 보금자리이다.

1980년대 초 S고등학교 코트에서 첫 모임을 가진 지 어언 사십여

성상星霜이 가까워온다. S고등학교 이름 '신信' 자와, 회원들 나이 50대 '오五' 자를 따 신오회信五會라 이름 지었다.

수십 년도 더 지난 옛이야기지만 내게는 지금도 씁쓸한 옛 추억이 하나 있다.

아침마다 테니스코트 가는 길에 S고등학교 야구장 옆으로 지나간다. 측백나무와 철조망을 엮은 울타리 속 여기저기서 인기척이 들렸다. 야구선수들이 연습을 하며 쳐낸 파울볼 공을 줍는 사람들이었다. 주워 모은 야구공들은 동대문운동장 근처 스포츠용품 가게로 가 현금으로 바뀐다. 운동하고 땀 흘린 뒤 휴식을 취하며 마시던 맥주값으로 썼다. 지금도 생각하면 씁쓸한 웃음이 나온다.

대도시 도심 속에는 주택난으로 빈터가 거의 사라지고 없다. 광활하게 넓던 야구장과 테니스코트에 S여자대학교 분교 캠퍼스가 들어서며 운동장을 내주었다. 변두리로 나가 S대학교 코트를 몇 년 동안 사용하다가 지금의 힐사이드에 정착을 한 것이다.

40여 년 가까운 긴 세월만큼이나 동호인들 모습도 많이 바뀌었다. 50대 중년들이 고희古稀 희수喜壽를 지나 미수米壽 가까운 노인도 있다. 아직도 운동장을 찾아 공을 치고 뛰며 노익장을 자랑하고 있는 게 신기하다.

테니스 코트안의 풍속도 옛날보다는 눈에 띄게 달라진 것 같다. 예전에는 생일을 맞는 회원들에게 운동장에서 생일축하 파티도 마련했었다. 마트에서 술과 고기를 사다가 구워 먹으며 즉석 파티를 해준 것이다.

우리 민족은 유난히 정이 많은 사람들 같다. 정이란 사람들끼리 나눌 수 있는 친근한 마음과 마음이다. 서양철학과 동양철학을 비교하는 사람들은 자주 이야기한다. 서양 사람들이 '이성적'이고 '논리적'인데 비해 동양 사람들은 '감성적'이고 '직관적'이라고….

인생은 너와 나의 만남이다. 사람의 만남은 나와 너의 관계로부터 시작된다.

인간은 만남을 떠나서는 존재할 수 없고, 만남이 없으면 사회생활도 이루어질 수 없을 것이다. 지금 '코로나19'는 우리들 만남을 방해하고 인간관계를 황폐화시키고 있다. 슬기롭게 코로나 역병을 극복해야 한다. 우리는 중세시대 페스트(흑사병)의 교훈을 잊어서는 안 될 것 같다.

인생삼락 人生三樂

　우리나라에서 '경로우대'를 공식 인정해 주는 '법정 노인'의 나이는 육십오 세다. 전철, 지하철 무료 교통카드, 기초연금, 고궁 사찰 입장권 무료… 노인 우대 혜택이 눈에 띄게 늘어나고 있다. 그러나 인간 수명이 늘어나고, 장수시대를 바라보는 오늘날 65세 노인의 몸과 마음은 아직도 청춘 같은 느낌이 든다.

　거리에서나 버스 안에서 칠십이 넘었다는 팔팔한 어르신들은 사실상 젊은 노인인 셈이다. '내 나이가 어때서' '나이야 가라'라는 대중가요가 유행한 적이 있고, 한때는 '백세 인생'이라는 노래가 공전의 히트를 치기도 했었다.

　어느 시대나 대중가요는 그 시절의 사회현상을 반영한다. 옛날에 비해 인간의 평균수명이 늘어난 지금 노인들 살아가는 모습도 여러모로 바뀌고 있는 것 같다. 나이를 한탄하면서도 노후를 재미있고 즐겁게 살려는 이들이 부쩍 늘어나고 있는 것이다. 육 십오 세 노인은 지하철 경로석도 주위 사람들 눈치를 보며 앉는 모습이다. 팔십 살은 넘어야 제대로 노인 '어르신'의 대우를 받는 세상이 되었다.

인간이 즐겁고 보람차게 살 수 있으면 행복한 인생이다. 세상을 살아가며 인생의 세 가지 즐거움이라는 뜻으로 예부터 '인생삼락'이란 말이 전해져 오고 있다. 성현 공자는 배움과 실천, 친구 사귐, 마음의 여유를 인생의 세 가지 즐거움이라고 했다. 조선조 때 추사 김정희는 책 읽고 글 쓰며 배우는 선비정신—讀과 사랑하는 이와 변함없는 애정(色), 벗과 함께 어울리는 풍류(飮酒)를 인생삼락으로 삼았다. 사람마다 다소 차이는 있겠지만 오늘을 살아가는 현대인들에게는 건강과 보람, 가정의 평안함이 인생의 낙일 것 같다.

유교 문화권에서 성품이 어질고 학식이 높은 지성인을 군자君子라고 하였다. 중국 춘추시대에는 귀족으로 통칭되기도 했던 군자에게도 인생삼락이 있었다.(군자삼락) 군자는 국가의 지도층으로 사회에 대한 책임이나 국민의 의무를 모범적으로 실천하는 높은 도덕성이 요구되는 신분이었다. 옛날뿐 아니라 현대 사회에서 지도층 사람은 사회에 대한 책임이나 국민의 의무를 모범적으로 실천하는 높은 도덕성을 지녀야 한다.(노블레스 오블리주)

사람이 살아가는 데에 참된 희열과 보람이 결코 세속적인 명예나 부귀영화에 있는 것은 아니다. 특히 도덕적인 교양인의 생활에서 세 가지 즐거움을 '군자삼락'이라 했다. 첫째로 양친 부모가 다 생존하여 늘 건강하시고, 또 형제들이 근심 걱정 없이 화목하게 지내는 것을 낙으로 삼았다. 두 번째로 자신의 몸가짐에 있어 하늘을 우러러 부끄럽지 않고 또 다른 사람에게 대해서도 부끄럼이 없는 행실을 군자의 즐거움이라 했다. 세 번째로 우수한 제자들을 교육하여 나라의 훌륭한 인재로 양성하는 것을 즐거움으로 여겼다.

그러나 이 즐거움 속에 천하에 왕노릇 하는 것만은 거기에 들어 있지 않다고 했다. 진실로 군자에겐 왕노릇 하는 즐거움만을 제외한 세 가지 즐거움이 그 무엇으로도 바꿀 수 없는 고귀하고 참된 보람이라고 맹자는 말했다.

1,500년 전 군자들의 즐거움과 보람을 보며 우리나라 정치권 지도자들을 생각해 본다.

현 정권은 국정농단했다는 이유로 전 정권을 밀어내고 집권한 세력이다. 한 번도 경험하지 못한 나라를 만들겠다며 국민들에게 희망을 주었다. 그러나 국민들은 '기회는 평등하고, 과정은 공정하며, 결과는 공정할 것'이라는 현 정권의 공약이 거짓임을 알게 되었다. 무능한 국정운영을 부끄러워하기는커녕 억지와 떼를 쓰며 '내로남불' 세월을 보내고 있다.

유교 문명의 가장 큰 가르침 중 하나가 부끄럼 아닐까.

한국인들이 애송하는 윤동주 시인의 '서시'는 이렇게 시작한다.

'죽는 날까지 하늘을 우러러/ 한 점 부끄럼이 없기를…'

윤동주 시인은 죽는 순간까지 염두에 두었던 단어가 부끄럼이었을 것이다.

시인의 맑은 괴로움을 헤아리기 쉽지는 않지만 고결했던 그 삶의 자세가 부럽다. 군자는 아니어도 최소한의 부끄럼을 느끼며 조심할 줄 아는 소시민으로 살 수는 없을까?

'오늘 밤에도 별이 바람에 스치운다'

용문사

봄의 마지막 절기 청명 곡우가 지나고 이제는 여름에 들어서는 입하다.

세월이 유수流水라 하더니 내게는 화살처럼 빠른 세월 같다. 청량리역을 출발한 경의 중앙선 전동열차가 덜컹대며 몇 정거장 지나니 도심을 벗어났다.

차창 밖으로 펼쳐지는 산야가 신록으로 수를 놓은 듯 아름다운 풍경이다.

작년에 이어 올해도 '코로나 팬데믹'으로 나라 안팎이 모두 불안하고 어수선하다. 혼란스럽고 뒤숭숭한 인간사회와는 달리 대자연은 역시 위대하다. 세월 따라 어김없이 찾아오는 계절의 변화를 보며 자연의 질서에 숙연해지는 느낌이다.

한 시간 남짓 달려간 전철이 용문역에 정차를 한다. 생각지도 않다가 갑자기 홀로 떠나온 여행길이 한결 홀가분하고 여유로운 기분이다. 옛날에는 역근처 식당에서 식사를 하면 용문사까지 무료로 태워다 주던 셔틀버스도 운행을 하지 않는다. 코로나 여파는 미치지 않는 곳이 없다. 관광단지 버스정류장에서 절까지 꽤 먼 거리를 터벅터벅 홀로 걸었다. 계곡을 흐르는 맑은 물소리만 들리는 한적한 공간이다. 양평군 용문에는 상원사를 비롯하여 용문산 은행나무, 가섭봉, 봉황정, 중원계곡, 청춘 뮤지엄 등 볼만한 곳이 많다.

그동안 나의 여행은 관광지를 자세히 살펴보지 않고 겉만 대충 보고 다닌 것 같다. 이번 여행길은 내 나름대로 목적이 따로 있었다. 용문사 절 조금 못가 우측 계곡 쪽에 있는 '열반경涅槃經 글(烙畵;락화) 보러 간 것이다.

인두로 목판에 새긴 선명한 글씨가 인상적이었다.

"높은데 있는 이는 반드시 위태로움이 있고
 보물을 모은 이는 반드시 궁색하게 되며
 사랑하는 이들에게는 이별이 있고
 한 번 세상에 태어난 것은 반드시 죽음이 따르며
 빛은 반드시 어둠을 동반한다.
 이것은 불멸의 진리다"

-열반경

한동안 우두커니 서서 몇 차례 글을 읽고 또 읽어 보았다. 불경 가운데는 금강경, 법구경, 화엄경, 관음경, 반야심경 등 우리에게 낯설지 않은 경전도 많다. 타고 있는 불을 바람이 불어와 꺼 버리듯, 타오르는 번뇌의 불꽃을 지혜로 꺼서 일체의 번뇌와 고뇌가 소멸되는 상태를 우리는 열반涅槃이라 한다. 열반경은 석가세존이 돌아가실 때 마지막 가르침을 담은 경전인 것이다. '모든 것은 변하니 게으름에 빠지지 말고 부지런히 정진하라'는 것이다.

용문사 관광단지를 모두 둘러보고 나니 오후 늦은 시간이었다. 용문역에 도착하니 전동차가 출발하려 하고 있다. 한적한 전동차 안에서 스쳐 가는 차창 밖 풍경을 보다가 눈을 감고 명상에 잠겼다. 인간의 생로병사生老病死를 통한 깨달음에 대하여 열반경에 나오는 말이 있다. '늙음과 병듦, 죽음은 이 세상에 보내진 세 명의 천사이다'

인간은 누구나 모두 늙고, 병들고, 죽는다. 이러한 문제는 그 어떤 눈부신 의학과 과학으로도 해결하지 못한다. 그런데 열반경에서는 오히려 이 세 가지가 인간에게 보내진 천사라고 했다.

일찍이 부처님은 '자아自我'를 강조하셨다고 한다. 자아란 '참모습' 또는 '진정한 나'로 해석할 수 있다. 인간이 고통스러운 것은 바로 '자아의 참모습'을 모르기 때문이라고 부처님은 말했다. 인간은 생로병사를 알면서도 부질없이 세상에 집착을 하기 때문에 더 고통스러운 것이다. 즉 '나'와 '나의 것(소유)'이 영원히 존재하길 바라는 욕심이 인간을 괴롭힌다고 했다.

세상은 끊임없이 변하고 우리는 그 속에서 살아가고 있다. 우리가 살고있는 현재, 그리고 미래에 대한 어떤 확신도 할 수 없는 세상에 살고있는 것이다. 이 확신할 수 없는 자체도 하나의 고통이다.

생로병사를 통해서 인간이 깨달음을 얻을 수 있다면 이 세상은 전혀 고통스럽지 않다는 것이 부처님 말씀이다. 나라는 존재는 덧없는 것이기에 '나'와 '나의 것'에 대한 집착이 사라져야 마음의 고통도 없어진다. 생로병사는 우리에게 교훈을 주는 천사인지도 모른다.

5부

세 가지 은혜

감사하는 마음! 그것은 행복의 원천이다. 감사하는 마음을 가질 때 인생은 사는 것이 기쁘고 즐거워진다. 그리고 일생 동안 고마워하는 마음, 감사하는 태도, 보은 報恩의 정신으로 인생을 살아야 한다.

마시멜로 이야기

신록의 계절 5월이 왔다. '5월은 금방 찬물로 세수를 한 21살 청신한 얼굴'이라고 어느 시인은 이야기했다. 물오른 수목처럼 싱싱한 달이다. 신록을 바라보면 내가 살아 있다는 사실이 참으로 고맙고 반갑다. 5월의 달력에는 날마다 기념일로 장식되어 있는 것 같다. 근로자의 날, 어린이날, 어버이날, 스승의 날… 내일이 어린이날이지만 우리 집에는 어린이가 없다고 생각하니 허전하고 서운한 마음이 떠오른다. 우리 집안 마지막 어린이였던 손자 도경, 류경 모두 고등학교 학생이 되고 보니 그들의 빈자리가 허전하게 느껴지기도 한다.

어린이날을 맞으며 마시멜로 이야기가 생각난다. 마시멜로?

마시멜로는 미국 사람들이 즐겨 먹는, 일종의 부드러운 캔디다. 마시멜로로 만든 달콤한 과자들을 미국의 어린이들은 무척이나 좋아한다. 미국 스탠포드 대학에서는 아이들의 욕망과 자제심에 관한 실험이 있었다.

4세 어린이 600명을 대상으로 마시멜로 1개씩을 나누어 주었다.

그리고 아이들에게 지금 당장 먹어도 좋고, 15분을 참았다가 먹으면 1개씩을 더 주겠다고 약속을 했다. 아이들 행동을 관찰한 결과 당연히 15분을 참은 아이들과 참지 못한 아이들로 나누어졌다.

15분을 기다려 마시멜로를 한 개 더 상으로 받은 아이들과 15분을 참지 못해 탁자 위 마시멜로를 먹어 치우고 만 아이들의, 10년 성장 과정을 비교 연구한 결과는 매우 흥미로운 것이었다. 10년 후 아이들이 어떻게 살아가고 있는지 알아보았다. 600명 중 200명의 자료만 얻을 수 있었지만 10년 후 그들의 삶에는 커다란 차이가 났다. 10년 전에 즉각적인 욕구를 참은 아이들이 그렇지 않은 아이들에 비해 더 집중력 있고 논리적이며 계획적이었다. 성적과 대인관계 스트레스 관리에 뛰어난 능력을 발휘하였다.

참고 기다리는 시간이 겨우 15분이었지만, 눈앞의 마시멜로에 만족한 아이보다는 한순간의 유혹을 참고 기다렸던 아이들이 성공적으로 성장하고 있다는 사실을 확인해 준 것이다. 이 실험 결과는 또한 인간의 자유의지를 어떻게 활용할 것인지에 대한 교훈을 주기도 한다. 눈앞에 나타난 작은 만족과 유혹을 참고 견디면 언젠가는 그 보상이 반드시 돌아온다는 굳건한 믿음을 갖게 한다.

'세상은 잘 참는 자에게 승리가 돌아가고, 잘 견디어 내는 자에게 영광을 안겨준다'는 말이 있다. 인생에서 가장 중요한 것은 참고 견디는 힘, 즉 인내력을 기르는 것이다. 인내력은 어려운 일을 참고 견디는 힘이요, 온갖 고통을 끈기 있게 버텨내는 힘이다. 우리는 참는 마음, 참으며 해야 하는 공부, 참는 생활을 통해서 인내력을 길러야 한다. 끈기와 강인한 의지력이 인내의 바탕이다.

참고 견디면 결국은 평화로운 마음을 유지할 수가 있다. '인내의 나무에서 평화의 꽃'이 피고 성공의 열매가 열린다. 세상을 잘 참는 자에게 승리가 돌아가고 잘 견디는 자에게 영광을 안겨주게 마련이다.

우리나라의 현재 인구 통계는 너무 충격적이다. 한 가정의 평균 출산율이 0.8~0.9%라고 하니 결혼한 부부가 아이를 한 사람도 미처 낳지 않는다는 것이다. 결국 우리나라는 인구가 줄어든다는 현상을 보이고 있다. 남자가 불임시술을 하면 영농자금 지원 우선권을 주던 시절도 있었다. 산아 제한이 국정 목표였던 우리나라에서 지금은 출산을 장려하는 정책을 추진하고 있다. 인구의 감소는 경제발전에 장애가 되고 결국은 국력을 떨어트리는 것이다. 우리는 힘없는 약소민족의 설움을 겪은 지 아직도 일천하다.

아이가 귀한 요즈음 신세대 부모들은 자식에게 모든 것을 만족시켜 주어야 한다고 생각하는 것 같다. 자식이 원하면 모든 걸 충족시켜 주어야 부모의 도리를 다하는 것으로 착각하고 있다. 소중하고 귀한 자식이지만 물질적 풍요보다는 어려움을 참고 견디게 하는 정신적 훈련을 게을리하지 않는 게 참사랑이다. 인내한다는 것은 고통스럽고 힘든 일이지만 성공과 행복을 찾아가는 지름길이다.

마시멜로 이야기는 달콤한 과자를 받은 아이들이 그것을 곧바로 먹거나, 참고 견디는 경우를 비교 분석한 실험이었다. 작은 만족과 유혹을 참는 인내심과 노력이 어린이뿐 아니라 우리 인간에게 주는 성공과 행복의 이야기를 들려주고 있다.

건강한 삶

세상에 태어나 스스로 생활하고 있는 존재를 유기체有機體라 한다. 유기체가 태어나서 죽을 때까지 살아 있는 상태가 생명生命이다. 인간도 하나의 생명체로서 죽을 때까지 생명을 이어가고 있는 것이다. 인간 생명에 대한 관심이 지금처럼 높은 때도 없었다. 인간은 자신의 생명을 보호하고 수명을 연장하려는 본능이 있다. 인간 생명을 다루는 병원을 찾아가 보면 생명에 대한 관심의 크기를 누구나 느끼게 된다.

생명을 대하는 인간의 태도는 무척 변덕스러운 것 같다. 평상시 건강하게 일상생활을 하는 사람은 생명이나 건강의 소중함을 잘 모른다. 그러나 생명에 이상 신호가 오면 그제야 건강의 소중함을 깨닫게 되는 것이다.

매년 건강 검진을 받아온 지 수십 년이 지났다. 해마다 위암 내시경 검사를 받아왔고, 2~3년 간격을 두고 대장 내시경 진단도 받아보았다. 금년 초에 검진 예약을 했었지만 '코로나19' 사태로 정기검진을 몇 개월 미루다가 병원을 찾아갔다. 매년 해온 위내시경은 혼자 가서 받았지만, 대장암 내시경 검사는 통증 고통 때문에 수면 내시경 검사를 주문했다. 병원 측에서는 수면 검사 때는 보호자 입회를 요구하고 있다. 작은아들과 함께 종합병원으로 가 검사를 받게 되었다.

인간 생명을 직접 다루는 곳이라 그런지 병원 내시경실은 들어서는 동시에 섬뜩하고 살벌한 분위기가 느껴진다. 수술복으로 갈아입고 침대 위에 누우니 자세를 조정해 주고 입에 프로텍터를 물린다. 그리고 수면 주사를 놓는 것 같았다. 바로 무의식 상태가 되었고 잠이 들어 꿈을 꾸고 있었다. 먼 길을 걷다가 지쳐 쓰러질 것 같은데 어느 여인이 다가와 손을 잡고 부축을 해주고 있었다. 꿈에서 깨어나니 간호사가 나를 바라보며 웃는다. 다소 현기증은 있었지만, 내시경실 밖으로 나오니 아들이 기다리고 있다. 위와 대장에 대한 수면 내시경 검사는 나도 모르는 사이에 모두 끝난 것이다.

인간은 누구나 튼튼한 몸으로 오래 살기를 바란다. 병에 시달리며 살기를 원하는 사람은 이 세상에 아무도 없다. 무병장수無病長壽는 만인의 간절한 소망이기도 하다. 병약한 몸으로 세상을 살아가는 사람에게 무슨 의미와 즐거움이 있겠는가? 건강해야 사는 기쁨이 있고 행복과 보람도 있는 것이다. 건강은 인생의 기본적 가치요 소중한 재산이다.

'인생에서 돈을 잃는 것은 작은 것을 잃어버리는 것이고, 명예나 용기를 잃는 것은 많은 것을 잃어버리는 것이다. 그러나 건강을 잃어버리는 것은 모든 걸 다 잃어버리는 것'이라는 말이 있다. 이 잠언箴言은 건강이 인생에 있어 얼마나 중요한 재산인가를 말해주고 있다.

건강은 값을 매길 수 없는 보물이다. 아무리 황금만능 시대라 해도 건강은 돈을 주고 살 수도 없고 팔 수도 없는 것이다. 건강은 자신만이 스스로 관리할 수 있는 유일한 재산이다. 건강은 스스로 유지하는 길밖에 없는 것이다. 생명과 건강에 관한 관심이 높아진 현대 사회에서는 건강정보가 홍수처럼 넘치고 있어 오히려 혼란스럽기도 하다.

인간 생명을 유지해 나가는 데 있어 기본이 되는 3가지 요소가 있다고 한다.

올바른 식사, 적절한 운동, 충분한 휴식이 균형 있게 조화를 이루는 것을 의미한다. 과식이나 편식을 피하고 영양 있는 음식을 즐겁게 먹고, 자기 형편에 맞는 운동을 지속적으로 꾸준히 하며, 깊은 잠을 통해 충분한 휴식을 갖는다면, 우리의 몸은 건강하게 천수를 누릴 수 있다는 것이다.

생명과 건강을 유지하는 비결이 있을까?

건강에 관한 정보를 종합해 보면 몇 가지 공통되는 비결이 있다고 한다.

첫째는 무리를 하지 않는 것이고, 둘째는 항상 즐거운 마음으로 세상을 사는 것이며, 셋째는 늘 열심히 일을 하는 것이다.

일을 함으로써 우리는 잡념에서 벗어날 수 있고, 식욕이 왕성해지고, 깊은 잠을 잘 수가 있다. 사람은 보람 있는 일을 하면 기쁨과 만족을 더 해줄 뿐만 아니라, 하는 일이 즐겁고 성취감도 크다. 일할 수 있다는 것은 인생의 커다란 축복인 동시에 건강을 지키는 길이다.

내가 건강할 때 가족이 있고 친구도 이웃도 행복도 있을 수 있는 것이다.

한 인간을 소우주小宇宙라고 하는 이유다.

장맛비

올여름 우리나라는 역대 최장기간 장마라는 기록을 세웠다. 50일이 훨씬 넘는 긴 장마가 연일 계속되었다. 국지성 호우가 이어지는 극한 날씨로 인해 비 피해도 크게 늘어나고 있다.

장마가 물러난 이후에는 폭염과 가을 태풍이 기다리고 있다. 이제는 기상이변이 더 이상 이변 아닌 일상이 되고 있는 것 같다. 기상이변은 우리나라뿐 아니라 세계적인 현상인 것 같다.

불어난 황토물이 도랑을 세차게 휘몰아친다. 농민들이 애써 가꾸어 놓은 농작물을 가소롭다는 듯 유유히 쓸어버린다. 거센 장맛비 물이 세상을 집어삼키는 모습은 언제 보아도 위협적이고 무섭다.

지난달 초부터 이어진 집중 호우로 전국 곳곳이 물에 잠기는 난리를 겪고 있다. 장마가 길어지면서 인명과 재산피해가 눈덩이처럼 커지고 있다.

기상 전문가들에 의하면 통계적으로 100년에 한 번꼴로 일어날 수 있는 날씨 현상이 지금은 점점 더 자주 일어난다고 한다. 그뿐만 아니라 이것은 전 세계적 현상이라고 한다. 이와 같은 현상은 '지구

온난화'로 인한 기후 변화 때문이다. 더 심각한 문제는 기후 변화가 날씨 변화에만 영향을 주는 게 아니라는 것이다. "이대로 가면 40년 후에는 인류문명의 붕괴가 될 수도 있다"라고 지적하는 전문가도 있다.

빙하기 이후 1만 년에 걸쳐 지구 평균 기온은 섭씨 4도 상승했다고 한다. 그런데 인류는 산업화 이후 불과 100년 만에 지구 온도를 섭씨 1도 올려놓았다. 자연 훼손과 공장 굴뚝 연기로 인하여 25배나 빠른 속도로 지구온난화를 초래했다.

산업화와 경제개발로 인간의 물질문명은 크게 발전해 왔다. 안락하고 편리한 생활환경을 누리고 있다. 그러나 지구온난화로 인한 현대 문명의 붕괴 가능성에 인류는 공포 속에 휘말리고 있다. 위대한 자연을 정복하겠다는 인간의 오만이 조물주의 심판을 받는 것인지도 모르겠다.

장맛비 피해와 코로나 역병으로 국민들은 고통을 받고 있는데 정치권에서는 때아닌 '4대강 사업' 논쟁을 벌이고 있다. 이명박 정부의 4대강 사업이 이번 장마 피해에 원인 제공을 했느냐 아니냐 하며 논란이 붙었다.

이번 폭우로 섬진강 제방이 유실되고, 낙동강 제방 일부가 무너진 것이 계기가 되었다. 4대강 사업을 반대했던 사람들은 폭우로 인한 피해가 그 사업 때문이라고 주장을 한다. 한편 4대강 사업을 찬성한 전문가들은 홍수 대응 능력을 키웠다고 주장을 한다.

4대강 사업이 잘됐느냐 못됐느냐 하는 사안을 놓고 정치권에서는 다투고 있다. 환경부에는 60명으로 구성된 '4대강 사업평가단'이라는 기구까지 가지고 있지만, 결론을 내지 못하고 있다.

그러나 전국 홍수 피해에 관한 '재난 연보'를 보면 4대강 사업 이전보다 이후의 피해가 줄었다는 사실을 부인할 수는 없다.

유례가 드문 폭우 피해로 많은 국민들이 고통을 겪고 있다. 치수 관리의 취약 부분도 드러났다. 정부의 최우선 업무는 국민들 피해를 최대한 빨리 복구하는 것이다. 시급한 업무를 돌보기보다는 10년 전 4대강 사업의 원인 제공 여부를 따지는 정부 여당의 태도가 한심스럽다. 자신들의 국정 운영 잘못을 전 정권 탓으로 돌리려는 속셈은 아닌지 의심스럽다.

우리나라의 재난분류체계에 따르면 호우豪雨는 '자연재난'이다. 폭염, 태풍, 홍수, 가뭄, 지진도 자연재난이다. 또한, 감염병 사태, 붕괴사고, 침몰사고 등 인간의 부주의나 고의로 발생하는 사고는 '사회재난'으로 분류된다.

우리는 과거에 세월호 참사라는 사회적 재난을 겪고 나라가 통째로 흔들렸다. 지금도 일부 불순 정치 세력들은 사회적 재난을 정치 목적으로 이용하고 있다.

금년 초부터 계속되는 '코로나'라는 사회적 재난이 그치지 않는 사이, 역대 최장기간이라는 장마 피해를 겪고 있다.

옛날 농경사회에서는 치산치수治山治水 잘하고 백성들 평안하게 살도록 하면 통치자를 성군聖君이라 했다. 오늘 우리가 사는 세상에는 성군은 없다.

'나라가 네꺼냐'는 국정 책임자에 대한 항의성 구호가 수도 도심 거리에 나붙는 세상이 걱정스럽다.

쌀의 날

　지난주 8월 18일은 '쌀의 날'이었다. 쌀의 날을 알고 있는 사람들은 많지 않을 것 같다. 2015년에 제정되어 올해로 6회째를 맞았다. 쌀의 날은 한자 쌀미(米)를 八十八로 풀어쓴 것이다. 쌀을 생산하려면 농부가 여든여덟 번 정성을 다해 돌봐야 한다는 뜻을 담고 있다.

　우리나라는 세계에서 가장 오랜 볍씨의 역사를 가진 '쌀의 민족'이다. 우리의 '소로리 볍씨'는 지금까지 발견된 세계에서 가장 오래된 볍씨로, 한반도를 세계 쌀 역사의 중심지로 만들었다.

　1990년대에서 2000년대 초반 우리 고장 청주시 청원구 옥산면 소로리에서 커다란 사건이 있었다. 두 차례에 걸친 발굴 작업에서 출토된 볍씨 59톨이 전 세계를 놀라게 했었다. 옥산면 소로리에서 발견된 볍씨는 세계에서 가장 오래된 것으로, 벼의 기원과 진화, 전파 등에 관한 중요한 사료적 가치를 지녔던 것이다.

　쌀이 우리의 주식으로 자리를 잡은 것은 조선 시대다. 우리 민족의 다양한 풍습은 쌀을 중심으로 전해져 왔다. 이사를 하면 쌀로 지은 시루떡을 돌려 이웃과의 화합을 기원했다. 관혼상제 의례에도 대부분 쌀 혹은 쌀밥을 올리는 것이 기본이다. 생일상에는 흰 쌀밥과 미역국을 올리는 것이 관습이었다.

조상의 제사상 메밥에도 당연히 흰 쌀밥이 올라간다. 쌀은 우리 민족에게 단순한 식량 이상의 의미가 있다.

전통적 농경사회에서는 가정마다 신을 모셨다. 신 가운데 가장 중요한, 집을 지키고 보호하는 성주신이 있었다. 성주 신을 모실 때 성주 단지라 불리는 작은 항아리에 그해 첫 햅쌀을 가득 채워 넣는다. 쌀 단지를 마루 귀퉁이나 대들보에 올려놓고 한 해 동안 보관하며 가정의 행복을 기원했다.

벼농사는 단순히 먹거리를 해결하는 수단이었을 뿐 아니라 함께 일하고 더불어 즐기는 문화로서 우리 민족을 묶어 주는 매개체이었다.

내게는 쌀밥이 몹시도 먹고 싶던 어린 시절 아련한 추억이 있다. 우리 집은 농촌에서 대농가로 벼농사를 많이 하고 있었다. 가을걷이가 시작되면 바깥마당에는 집채보다 더 커다랗게 볏가리가 쌓여 있었다. 방앗간에서 쌀가마니가 마차에 실려 오면 다음 날 아침부터는 기름기 흐르는 햅쌀 밥을 먹는다. 그런데 새해 설을 쇠고 봄이 되면 상 위의 밥사발은 푸석푸석한 꽁보리밥으로 바뀐다.

겸상을 한 할아버지 할머니 밥그릇은 쌀밥이다. 할머니 할아버지는 늘 밥을 조금 남기셔서 내가 먹도록 하셨다. 그때 먹은 쌀밥의 진미는 수십 년이 지난 지금도 잊히지 않는다.

우리 집안은 조상들 기제사 날이 거의 여름철에 있다. 제사상에는 메밥으로 흰쌀밥이 올라간다. 산 사람은 꽁보리밥을 먹어도 조상에게는 쌀밥을 대접하는 우리들 조상숭배 사상의 전통이었다. 자정이 지나 제사가 끝나면 그날은 쌀밥을 먹는다. 어린 시절 쌀밥이 먹고 싶어 한밤중에 일어나 제사를 지냈던 추억은 아직도 생생하게 떠오른다.

우리나라는 1960년대까지 열악한 영농기술과 영농자재 부족 등으로 쌀 생산이 저조했다. 쌀 생산이 소비를 밑돌아 만성적인 쌀 부족에 시달려야만 했다.

쌀이 농촌경제의 가장 중요한 수단이었으므로 쌀의 존재 가치는 무엇보다도 큰 것이었다. 박정희 정권 때 녹색혁명을 일으켜 쌀 생산이 획기적으로 증가하기 시작하였다. 모든 국민이 아무 때나 쌀밥을 먹을 수 있고 나라가 부강해지기 시작했다.

인간의 기본욕구인 식생활 문제를 해결한 녹색혁명은 우리 민족 역사에 처음 있는 일이며 영원히 기록될 위업偉業이다. 사상이나 이념에 치우쳐 국민을 편 가르고 나라를 혼란에 빠트리는 오늘날의 통치자는 국민의 진정한 욕구를 헤아릴 줄 알아야 한다.

우리 민족은 오래전부터 쌀과 인연을 맺으면서 쌀을 주식이자 영양원營養源으로 삼아 왔다. 지금은 육류 밀가루 낙농 어패류 등 대체식품이 늘어나고, 식습관의 변화로 인해 쌀 소비량이 크게 줄어들고 있다. 1970년대 1인당 연간 쌀 소비량이 134.6kg에서 최근에는 61kg으로 떨어졌다. 남아도는 쌀의 보관 관리를 위해 막대한 국고가 들어가는 안타까운 현실이다.

인생과 돈

지난해 4월 일본 군마현에서 있었던 일이다.

한 폐기물처리 회사가 혼자 살다 죽은 노인의 집에서 나온 쓰레기를 치우다가 검은 봉지에 담긴 현금 4억 원을 발견하였다. 노인들의 버려진 유품에서 나온 돈이 지난해만 1,900억 원에 이를 정도라고 하니 그저 놀라울 뿐이다.

인생 말년에 외롭고 궁핍한 생활을 하면서도 죽음 직전까지 돈을 생명줄처럼 쥐고 있던 노년의 강박감을 말해주는 것 같아 안타까운 마음이 든다.

돈은 현명하게 잘 쓰면 많은 일을 할 수가 있다. 황금은 하나의 힘이기 때문이다. 돈은 우리가 바라는 것을 손에 넣을 수 있는 수단을 마련해 준다.

신선한 공기, 훌륭한 집, 좋은 책들, 세계여행, 심지어 하늘나라 우주여행까지. '걸리버 여행기'를 썼던 영국 소설가 스위프트는 '돈의 가치를 깨달아라. 그러나 돈을 사랑하지 말라'고 이야기 하였다.

인간이 세상을 살아가면서 돈은 없어 안 되는 필수적인 존재다.

일상생활에서 수중에 돈이 없으면 누구나 불편하고 위축되기도 한다. 인간 삶의 기본인 의식주를 해결하기 위한 최소한의 돈이 없다면 세상을 살아가기 힘든 게 엄연한 현실이다.

사람은 생활의 필요에 의해서 물건을 소유하게 되지만, 때로는 그 물건 때문에 마음이 쓰이게 된다. 궁궐처럼 호화찬란한 주택, 번쩍이는 고급 승용차, 수억 원대 비싼 장신구… 인간 생활의 필요 때문에 마련한 물건들이지만, 그 물건들이 주인을 자유롭지 못하게 한다. 사람이 주인이 아니라 값비싼 물건이 오히려 주인 같은 주객전도主客顚倒 현상을 보이는 것이다.

사람이 값비싸고 좋은 물건을 많이 가지고 싶어 하는 것은 흔히 남에게 자랑하고 싶은 마음에서 생기는 것이다. 하나라도 남보다 더 가지고 과시하겠다는 욕심에서 생기는 심리 현상이라고 한다.

내가 가지고 있는 돈은 써야 내 돈이다. 내가 벌어 놓은 돈이라도 내가 쓰지 못하면 내 돈이 다니다 결국 남의 돈이 될 수밖에 없는 것이다.

노인들이 돈에 집착하는 이유는 자식이나 사회로부터 버림받았을 때 최후에 의지할 곳은 돈밖에 없다는 생각에서 나오는 것이다. 그러나 가족이나 사회로부터 버림받을 정도로 비참한 경우를 당하면 설령 돈이 있더라도 뾰족한 수는 없을 것이다.

본인이 죽으면 돈도 소용없고, 자식들에게 상속한다고 자식이 행복해진다는 보장도 없다. 국내 재벌 치고 상속에 관한 분쟁 없는 가문이 거의 없다.

재벌뿐만 아니라 평범한 가정에서도 재산 상속을 놓고 가족 간에 싸움이 치열하다. 동기간이나 가족 사이에 전쟁을 벌이다시피 하고 끝내는 원수지간이 되기도 한다. 이 얼마나 참담하고 서글픈 현상인가.

죽음 뒤에 남겨지는 것은 돈인데 그 돈이 산 사람들을 원수지간으로 만든다면 돈은 악마 같은 존재와 무엇이 다를까. 돈을 '왕중왕'이라고 말했던 어느 프랑스 사람의 말은 어떻게 들어야 할까. 돈은 어떻게 벌고 모으는 것보다, 어디에 어떻게 써야 하는지가 인간이 당면한 더 큰 문제다.

유산을 놓고 싸움질하는 자식들보다 재산을 남기고 떠나는 부모의 책임이 더 큰지 모른다. 자식들이 싸울 수밖에 없는 구조를 만들어 놓고 세상을 떠났기 때문이다. 내 자식이나 형제는 다른 사람과 다를 것이라는 생각은 커다란 착각일 수도 있다.

'자식들에게 돈을 남겨 주고 떠나지 말고, 장의사에게 줄 돈만 남기고 다 쓰라'는 말이 있다. 요즘 항간에 회자되고 있는 노인 사회의 이야기가 새삼스럽게 들린다. 인생은 한 번뿐이다. 그리고 내 인생은 나의 것이다. 하늘이 준 물질적인 축복은 마음껏 누리고, 마지막엔 모든 걸 털고 빈손으로 가볍게 세상을 떠나는 게 순리다.

혼자서 조용히 돈의 의미를 생각해보며 2,000년 전 '사기'를 썼던 사마천의 이야기가 떠오른다. '보통사람은 자기보다 열 배 부자에게는 욕을 하고, 백배가 되면 무서워하고, 천 배가 되면 그 사람의 일을 해주고, 만 배가 되면 그 사람의 노예가 된다.'

저두족低頭族

사람은 일상생활에서 그것이 없으면 어쩐지 허전하고 불안하며, 심지어는 금단현상까지 일어나는 물건이 있다. 오늘날 우리가 살아가며 늘 휴대하고 있는 스마트폰을 말하는 것이다. 요즘은 초등학교 학생으로부터 고령의 노인들까지 스마트폰 없는 사람 찾아보기 힘든 세상이 되었다. 한 끼 밥은 굶어도 스마트폰 없이는 하루도 살 수 없다는 사람도 있다. 이제 핸드폰은 인간 생활의 편리성에도 불구하고 우리들 일상을 구속하는 도구인 셈이다.

저두족이란 신조어는 스마트폰에 빠져 좀처럼 고개를 들지 않는 사람들을 일컫는 말이다. 문자 그대로 '고개 숙인 족속들'인 것이다. 옛날처럼 버스나 기차 전철 안에서 책이나 신문을 읽던 모습은 이제 낯선 장면이 되었다. 어딜 가나 누구 한 사람 예외 없이 고개 숙이고 핸드폰만 들여다보고 있다.

스마트폰 들여다보며 걸어가는 학생에게 길을 묻기는 고사하고 통행 방해만 되지 않아도 좋을 것 같다. 핸드폰은 인간의 접촉을 막는 훼방꾼 역할도 한다.

한국 근무를 마치고 돌아간 유럽의 한 기자가 한국 친구에게 보냈다는 글이 요즘 회자되고 있다. 그 글은 우리들에게 많은 것을 생각하게 한다.

유럽 기자는 한국인들은 "삼광 일무 일유(三狂 一無 一有)의 사람들" 같다고 소회를 밝혔다는 것이다. 삼광(三狂)은 첫째가 많은 사람들이 스마트폰에 빠져있는 현상이고, 두 번째는 공짜 돈에 빠져 있는 사회라고 하였다. 국가 빚을 내어 국민들에게 지원금을 주는 현상을 보고 한 말 같다. 삼광의 세 번째는 사람들이 모두 트롯트에 빠져있다고 하였다. 어느 날부턴가 트롯트는 대부분 방송국에서 단골 프로가 되었다.

한국인들에게 일무(一無)는 '생각이 없다(無思考)'라는 것이고, 일유(一有)는 행동보다는 '말은 잘한다'라는 것이었다. 듣기에 따라서는 불쾌하기도 하지만 조금 진지하게 생각해보면 의미가 있는 말 같다. 우리 스스로를 뒤돌아보게 하는 말이라 새삼스럽게 인식되기도 한다.

스마트폰은 본래 용도인 전화 기능으로부터 시작되었다. 정보통신의 발달로 스마트폰은 현대인들에게 가장 유익한 문명의 이기가 된 셈이다. 정치권의 여론조사를 비롯하여 각종 인터넷 검색, 계약과 물건 구입, 주문과 대금 결제….

가정에서나 직장에서 스마트폰으로 모든 것을 처리할 수 있는 세상이 되어가고 있다. 사람들끼리 대화는 사라지고 고개 숙인 채 스마트폰과 시간을 보내고 있다. 사람들 일상이 핸드폰으로 시작해서 핸드폰으로 하루 일과가 끝난다고 해도 과언이 아니다.

버스나 전철, 식당이나 카페에서 사람들은 예외 없이 고개 숙이고 핸드폰을 바라보는 모습이 이제는 낯설지가 않다. 모두가 핸드폰에 빠진 저두족들이다. 지하철 안에서 가끔 책을 꺼내 읽지만 내가 다른 나라에서 온 사람 같은 낯선 기분이 들 때도 있다.

스마트폰과 저두족 현상을 보며 우리는 영상문화映像文化를 생각해 볼 수 있을 것 같다. 영상매체나 활자매체가 사람에게 주는 효과나 영향은 분명히 차이가 있다. 영상문화 대표 매체인 TV를 유럽 사람들은 바보상자라고 하였다.

그것은 아마도 아무 생각 없이 바라다보고만 있으면 되는 장점 아닌 장점 때문일 것이다. 어떤 사고 작용도 필요 없이 그 앞에 가만히 앉아 있으면 즐길 수 있는 게 영상 매체의 특성이다.

영상문화는 인간의 창의력과 상상력을 저해한다고 했다. 영상매체는 활자 매체에 비해 쉽게 흥미를 유발하고 부담 없이 사람의 시각을 사로잡는다. 그러나 영상매체로 사람이 받아들이는 긍정적 효과에서는 활자 매체를 따를 수 없다. TV나 핸드폰을 비롯한 영상매체는 사람의 독서를 방해한다. 마음의 양식인 독서가 없으면 인간의 사고력은 깊이가 없어진다.

독서의 중요성은 인성이 발달하고, 시야가 넓어지며, 마음의 위안과 때로는 인간의 고민을 해결해 주기도 한다. '좋은 책을 읽는 것은 몇 세기의 훌륭한 사람들과 이야기를 나누는 것과 같다'라고 데카르트는 말했다.

우리는 지금 지식정보 통신과 4차 산업이 지배하는 세상을 살아가야 한다.

전 세계가 시간적 공간적으로 엮여가는 시대가 되고 있다. 국내에서는 물론이고 국제적으로도 소셜미디어를 통해 모든 걸 주고받는 세상이다. 스마트폰은 인간의 품에서 떠날 수 없는 애물이 되었다. 현대인은 고개 숙이고 스마트폰 영상을 보며 세상을 살아가야 하는 호모 사피엔스의 운명을 타고났나 보다.

세 가지 은혜

'장사(사업)는 돈을 남기는 게 아니라 사람을 남기는 것이다' 일본의 마스시다 고노스게(1894~1989)가 한 말이다. 불멸의 경영인, 마스시다 고노스게는 사람을 만들고 이념을 판 불세출의 기업가였다. 일본에서 천 년내 가장 뛰어난 경영인으로 추앙받으며, '경영의 신'으로 불리어 온 인물이다. 그는 가난한 집안에서 허약한 몸으로 태어나 초등학교 4학년을 중퇴한 학력이 전부이었다.

가난과 저학력 허약 체질의 악재를 딛고 일어선 불사조다. 인내와 겸손과 신용을 바탕으로 사업을 키워 경영의 거인으로 우뚝 섰다.

그는 첫 기업으로 '오사카 전등' 현장직으로 입사하여, 전기가 세상을 바꿀 거라는 미래상을 예측하였다. 한때는 파나소닉이라는 세계에서 가장 큰 가전회사의 총수였다. 이병철 정주영같이 대한민국을 일으킨 대규모 기업집단의 창업자가 있다면 일본에서는 마스시다 고노스게, 이나모리 가스오를 들 수가 있다. 세계대전 패배로 일본 전체가 극심한 경제, 정치적 혼란을 겪고 있을 때였다. 뛰어난 창의력과 굳건한 집념으로 가내수공업 수준이었던 회사를 세계적

대기업으로 키웠다. 그의 사업 철학과 인간 처세술은 현대 경영인들에게도 귀감이 되고 있다.

1932년 5월 직원 162명 앞에서 그는 '수돗물 경영' 철학을 선포하고 창업 원년으로 삼았다. 수돗물 경영철학이 무엇일까?

집안에서 가전제품이나 귀금속을 훔치면 범죄로 처벌을 받는다. 하지만 목이 말라 수돗물을 마셨다는 이유만으로 죄를 묻기는 어렵다. 수돗물은 흔하기 때문에 누구도 거리낌 없이 주거나 받을 수 있는 재화다. 마스시다 고노스게는 궁핍한 소비자들이 싼값에 제품을 쓸 수 있도록 해 사회에 기여하자는 경영철학을 가지고 있었다. 회사 주주의 이익 극대화가 아니라 사회와 국가에 이익 환원을 첫 번째 목표로 삼았다.

미국과 유럽 등 선진 자본주의는 근본적으로 개인주의를 중시하는 경영체제다. 그러나 마스시다 고노스게는 개인과 회사의 운명을 일심공동체一心共同體로 본 것이다. 종신 고용제나 연공 서열제序列制 같은 동양 특유의 경영철학을 도입한 것이다. 1930년대 세계 경제공황 때 마스시다 경영은 기적을 이루었던 것으로 회자되고 있다. 많은 기업들이 불황 속에 도산 위기를 맞고 있을 때 그는 전 직원들에게 선포하였다. "직원을 한 명도 해고하지 않겠다. 근무시간을 절반으로 줄이고 월급도 전액 지급하겠다. 그 대신 모두 재고품 판매를 위해 전력을 다해야 한다"고 말한 것이다. 결과는 예상 밖으로 전 직원들 노력 덕분에 역대 최고의 매출을 올렸다고 한다.

한때 세계 최대의 가전회사 마스시다 창업주는 그의 성공비결을 이렇게 말했다. "신은 내게 세 가지 은혜를 주셨다. 첫째, 가난했기에 어릴 때부터 구두닦기, 신문팔이 등 많은 세상 경험을 쌓을 수 있었다. 둘째, 몸이 허약해 늘 운동에 힘쓰다 보니 늙어서도 건강했다(94세 사망). 셋째, 초등학교도 졸업하지 못했기에 이 세상 사람들을 모두 스승으로 여기고 언제나 배우기를 게을리하지 않았다. 마스시다가 말하는 세 가지 은혜였다.

사람에게 가난, 허약체질, 저학력은 세상을 살아가는 데는 악재다. 그러나 그는 인생이 성공하기 위해 불리했던 조건들에 생각을 바꾸었다. 발상의 전환을 한 것이다. '장미꽃 가지에 가시가 있는 걸 실망하기보다 가시달린 나무에 장미꽃이 핀 걸 감사' 해야 한다. 세상을 긍정적인 것으로 보고 매사에 감사하는 마음을 잊지 않는 것이다.

사람의 성공과 행복은 단짝 같은 친구다. 성공이라는 게 일등이 되기 위해 경쟁자를 쓰러뜨리고 누군가를 밟고 일어서는 게 아니다. 좀 더 넓은 마음으로 세상을 바라보고 자신이 좋아하는 일에 전념할 때 성공이라는 결과가 나타난 것이다. 세상에 태어나며 불우한 환경에서 성공을 이루어 낸 마스시다 고노스게는 감사하는 마음으로 역경을 이겨 낸 인간 승리의 영웅이다.

그 유명한 밀레의 '만종'은 감사하는 마음의 상징인 것 같다. 해가 지평선 너머로 사라지고 낙조가 붉게 수놓았다. 끝없이 펼쳐진 들녘 저쪽에 조그마한 예배당 하나가 돋보인다. 저녁을 알리는 교회 종소리가 은은하게 울려 퍼지고 있는 가운데, 종일토록 추수하던 젊은 부부가 일손을 멈추고 조용히 고개를 숙인다. '하나님, 오늘 하루 건강한 몸으로 일할 수 있도록 도와주신 것을 감사드립니다.'

이 한 폭의 그림에서 우리는 밀레가 나타내고자 한 '행복의 삶'이 무엇을 의미하는지 생각해본다. 감사하는 마음! 그것은 행복의 원천이다. 감사하는 마음을 가질 때 인생은 사는 것이 기쁘고 즐거워진다. 우리는 밀레의 만종에서 감사하는 삶을 배워야 한다. 그리고 일생 동안 고마워하는 마음, 감사하는 태도, 보은報恩의 정신으로 인생을 살아야 한다.

부부夫婦

퇴근길에 갑자기 내리기 시작한 비가 그치지를 않는다. 비 맞으며 집으로 갈 생각에 고민하며 버스를 내렸다. 사람들로 북적이는 버스 정류장에 기적처럼 아내 모습이 나타났다. 휴대전화가 없던 시절이라 우산을 들고나와 오랫동안 기다리고 있었다. 나는 감격했고 아내의 존재가 너무도 고마웠다. 초년 시절 우리 부부가 잊을 수 없는 꿈같던 장면이다. 저만치 허름한 바지를 입고 엉덩이를 들썩이며 방 걸레질을 하던 중년 때의 아내 모습도 낯설지 않다. 내가 외출에서 돌아오면 양푼에 비빔밥 숟가락 가득 입에 넣고 '식사는 했느냐'고 미소 짓던 아내였다.

대종가 집 맏며느리로 시집와 오늘의 나를 있게 해준 고마운 여인이다.

도시 생활을 하면서도 기제사를 비롯하여 집안 대소사 모두 챙기고, 할아버지 할머니 귀염받고 시부모 잘 모시며 살아온 아내다. 직장과 일에 매달려 밖으로만 나돌던 시절 나는 가정 일에는 거의 문외한門外漢이나 다름없었다. 아내는 삼 남매 자식들 모두 어엿하게 키워 교육시키고 독립해서 내 곁을 떠나게 했다.

돌이켜 보면 우리 부부가 남남으로 만난 게 반세기 하고도 몇 년 이 더 지났다. 50년이 넘는 긴 세월인데 흘러간 시간이 유수처럼 빠른 느낌이다. 내가 현직에서 은퇴한 후 고향에 홀로 계신 어머니 곁에 있느라 우리는 본의 아니게 주말부부 생활도 했다.

삼 남매 자식들 모두 떠나고 나니 이제는 우리 부부만 남게 되었다.

두 사람만 사는 아파트 공간은 늘 고즈넉하고 때로는 쓸쓸하기도 하다. 맑은 햇살이 비치는 거실에서 조간신문을 뒤적이고 있으면 아내는 아침 식사를 준비하고 있다. 끼니마다 혼자서 식사 준비를 하는 아내 보기가 미안할 때도 있다. 신세대 젊은이들은 식사를 비롯한 세탁 청소 등 집안 살림을 부부가 함께하는 세상이다. 아내를 도와주겠다고 생각은 하면서도 겸연쩍은 생각에 용기가 나지 않는다. 평생 동안 살아오며 쌓인 습관을 바꾸기가 이렇게 힘든 것인가 개탄할 때도 있다.

거실에서 함께 TV를 보거나 식탁에 마주 앉아 식사할 때면 언뜻 언뜻 아내 모습이 눈앞에 다가온다. 맑고 곱던 얼굴에 늘어나는 주름살, 칠흑 같던 검은 머리가 어느새 반백으로 바뀌었다. 탄력 넘치던 몸매도 박력을 잃어가고 있는 것 같다. 아내를 늙게 만든 원죄原罪가 내게 있는 것 같아 한탄스럽다.

지금 이렇게 건강하게 내 앞에 있어 주기만 해도 고마울 뿐이다.

두 사람 중 한 사람이 언젠가는 먼저 떠날 것이다. 둘이 함께 건강하게 이 보금자리에 있을 날이 얼마나 되려나.

피 한 방울 섞이지 않은 남남이 만나 결혼하고 평생을 살아가는 게 부부다.

인생은 너와 나의 만남이고, 인간이란 만남의 존재인 것이다. 인생에서 만남처럼 중요한 것은 없다. 어린애는 좋은 부모를 만나야 하고, 제자는 뛰어난 스승을 만나야 한다. 국민은 뛰어난 지도자를 만나야 하고, 지도자는 건전한 국민을 만나야 한다. 남자는 착한 아내를 만나야 하고, 아내는 건실한 남편을 만나야 한다. 인생에서 가장 중요한 만남은 배우자와의 만남일 것이다.

옛날의 부부생활을 부창부수夫唱婦隨라고 했다.

남편이 주장하면 아내는 따르고 순종하는 것이었다. 남녀평등이 보편화한 세상인 지금은 있을 수 없는 일이다. 부부는 인생의 동반자요, 동행하는 파트너다. 오늘날은 가정에서 여성의 목소리가 커지고 아내의 권리는 더욱 강해진 게 사실이다. 그러나 부부는 서로 대화하고 양보하고 타협하면서 조화를 이루어 나가야 한다.

배우자의 사명은 상대방의 실패와 실수를 지적하는 데 있지 않고, 실패와 실수를 덮어주는 데 있을 것이다. 배우자를 깎으면 자기가 깎이고 배우자를 높이면 자기가 높여진다. 배우자를 울게 하면 자신의 영혼도 울게 될 것이고 배우자를 웃게 하면 자신의 영혼도 웃게 될 것이다. 삶에 힘겨워하는 반쪽이 축 처진 어깨를 하고 있을 때 나머지 반쪽이 주는 말 한마디는 행복한 가정을 지탱하는 기둥이다.

부부는 서로가 경쟁하는 여야與野가 아니고 서로 존중하는 동반자 관계다. 좋은 배우자를 만나는 것처럼 인생에서 중요한 것이 없고 행복한 일이 없다.

　부부는 서로 간 존재의 근거다.

부활절

엊그제 일요일은 부활절이라고 했다. 춘분이 지나고 첫 번째 맞는 일요일을 매년 부활절로 정한다고 한다. 예수 그리스도의 부활을 기념하는 축제일이다. 예수의 부활은 신약성서에 등장하는 많은 기적 중에 가장 감동적인 사건 같다. 부활절이 되면 많은 교인들이 이른바 '부활절 계란'을 서로 주고받으며 예수 부활의 기쁨을 나누고 있다. 매년 부활절이면 나도 삶은 계란을 얻어먹었다. 카톨릭 신자인 아내가 성당에서 가져오는 선물이었다. 야속한 코로나 역병 때문에 작년과 올해는 부활절 계란도 구경하지 못했다.

언제부턴가 우리 사회에는 낯설고 생소한 기념일이 유행하고 있는 것 같다. 부활절뿐만 아니라 2월이면 청소년들이 환호하는 밸런타인데이, 화이트데이, 로즈데이 등 어른들에게는 생소한 기념일이다. 우리에게도 오랜 전통의 기념일이 많다. 설, 정월대보름, 삼진날, 단오, 유두, 칠석, 추석 등 전통문화를 기념하는 날이 있는 것이다. 그러나 오늘날 우리의 고유한 풍습을 지키지 않는 가정이 늘어나고 있다. 전통적인 놀이문화나 재래풍습이 사라지고 있어 안타깝고 가슴 아프다. 자기 나라 명절도 제대로 지키지 못하면서, 어떤 나라에서 시작된 것인지도 모르는 남의 문화를 즐기는 것은 깊이 생각해봐야 할 일 같다. 그것은 내 부모님 생신은 챙기지 못하면서 남의 부모님 생신을 챙기는 것과 무엇이 다르겠는가?

금년 부활절을 지나면서 수십 년 전 추억이 아련히 떠올라 감회에 젖었다. 로마교황청 요한 바오로 교황이 우리나라를 국빈 방문하던 해이었다. 그리스도 신자들은 물론이고 나라 전체가 귀빈을 맞느라 환호하고 축제분위기였다. 토요일 오후 직장에서 평소보다 일찍 퇴근해 집에 도착했다. 그런데 집안 분위기가 평소 같지 않고 이상한 느낌이 드는 것이다. 조용한 집안에 아내 혼자서 한복을 차려입고 곱게 단장을 하며 외출 준비를 하고 있는 것이다. 영문을 알고 보니 오늘 영세를 받으러 성당에 가야 한다고 말했다. 교황 방문 기념 미사에서 영세를 받기로 예정돼 있다는 것이다.

나는 너무 놀라고 당황스러워 할 말을 잊은 채 아내를 바라보았다. 곱게 화장한 아내 얼굴을 바라보니 갑자기 내 여자를 누구에게 빼앗기는 듯한 느낌이 들었다. 나도 모르게 슬프고 분한 감정이 치솟았다. 흥분 속에 고성과 언쟁이 오가며 결국 큰 부부싸움으로 이어졌다.

우리 집안은 전통적인 유교 집안이라 기독교와는 아무런 인연이 없었다. 할아버지 아버지께서 돌아가시고 얼마 후 아내는 내게 이야기한 적이 있다. 가까이 지내는 지인의 권유로 카톨릭 성당을 나가 보고 싶다는 것이다. 어른들은 돌아가셨어도 우리는 전통적 유교 가정이니 안 될 일이라고 거부했다. 아내가 영세는 받지 않고 성경 공부라도 하고 싶다기에 나는 동의를 했다. 아내는 성당을 나가기 시작했고 나는 모든 걸 잊고 살아왔다.

지금 돌이켜 생각해보면 아내의 종교문제에 대한 대응에 나의 잘못이 있었던 것 같다. 개인의 종교자유는 우리 헌법에도 보장되는 권리다.

시대의 변천에 따라 세상 살아가는 모습이 달라지듯 인간의 의식구조도 바뀌기 마련이다. 아내는 세례를 받고 지금은 독실한 카톨릭 신자가 되었다. 일요일마다 성당에 나가 기도하며 신앙심으로 일상생활을 하며 사회봉사 활동까지 하는 모습이 보기에도 좋다.

내가 장손인 우리 집안 제례祭禮를 간소화하기 위해 일 년에 8회 기제를 하루擇日에 모시고 있다. 아내는 부모님 기일만은 잊지 않고 성당에서 당일에 특별미사를 올리고 기도를 한다. 나를 낳아 주신 부모님 기일을 잊지 않고 챙겨주는 아내가 정말 고마운 심정이다.

부활절을 지켜보면서 인간의 신앙과 종교문제를 생각해 본다.

과학적 합리적 사고에 익숙한 현대인들은 '예수 부활'에 걸려서 선뜻 신앙의 길로 들어서기 꺼릴지도 모른다. 인간은 누구나 유한한 존재이기에 신을 비롯한 절대자의 힘에 의존하여, 인간 생활의 고뇌를 해결하고 삶의 궁극적 의미를 추구하려 한다. 종교를 통한 신앙심은 때로는 인간의 희망과 신념과 용기의 원천이 되기도 하는 것 같다.

우테크 시대友 Tech

인간 수명의 원인을 조사하기 위해 미국인 7,000명을 대상으로 9년간 추적조사에서 아주 흥미로운 결과가 나왔다. 흡연, 음주, 일하는 스타일, 사회적 지위, 경제 상황, 인간관계에 이르기까지 조사한 끝에 의외의 사실이 밝혀졌다고 한다. 담배나 술은 수명과 무관하지 않지만, 조사에서는 이색적 결과가 나타났다. 사회적 지위, 경제 상황 등 어느 것도 인간 수명에 결정적 요인은 아니었다는 것이다.

조사 끝에 밝혀낸 장수하는 사람들의 단 하나 공통점은 놀랍게도 '친구의 수數'였다는 것이다. 친구의 수가 적을수록 쉽게 병에 걸리고 일찍 죽는 사람들이 많았다고 한다. 인생의 희로애락喜怒哀樂을 함께 나누는 친구들이 많고, 그 친구들과 보내는 시간이 많을수록 스트레스가 줄며 더 건강한 삶을 유지하였다고 했다.

지금은 인생 100세가 현실이 되고 있는 시대다. 1970년 우리나라 사람 평균수명은 남자 56.8세, 여자 65.5세이었다. 2010년에는 남자 77.6세, 여자 84.4세로 늘어났다. 40년 동안 한국인의 평균수명이 19세나 늘어난 셈이다. 바야흐로 장수시대가 도래하고 있다는 통계다. 인간 수명이 늘어나고 있는 것은 현대 과학이 가져다준 선물임이 틀림없다. 그러나 인간 수명 100세 장수 시대가 되어도 사람에 따라서는 장수가 큰 비극이 될 수도 있다.

운이 좋아서 직장에서 60세에 퇴직한다 해도 인간 100세 시대에 40년은 더 살아야 한다. 적당한 경제력과 건강이 받쳐주지 못하면 그 긴 세월 동안 세상 살아가기 힘들고 고생스러울 수도 있는 것이다. 돈과 건강을 가졌다고 해도 마냥 행복한 것도 아니다. 부와 사회적 지위가 정점에 있던 사람들조차 스스로 몰락하는 모습을 우리는 적지 않게 보고 있다. 서로 아끼고 사랑하는 주위 사람들과 함께하는 인생이 아니라면 고독하고 외로운 말년을 보내야 한다.

인생 노년에서 절대로 필요한 존재가 친구다. 친구는 환경이 좋든 나쁘든 늘 함께 있고 싶은 사람이다. 마음이 아프고 괴로울 때 의지하고 슬플 때는 기대어 울 수 있는 어깨를 가진 사람이다. 현대인들이 몰두하고 있는 재테크(財)나 시테크(時) 못지않게 우테크(友)를 생각해 봐야 할 때인 것 같다. 재테크에 쏟는 시간과 노력의 몇 분의 일만이라도 우테크 개발에 힘써야 할 것 같다. 평생 끝까지 함께 할 친구를 만들고, 확장擴張하고, 관리하는 일에 정성을 쏟아야 할 때다.

현대인들은 지금껏 앞만 보고 달려오느라 공부 잘하고 돈 잘 버는 방법만 배웠지 친구 사귀는 법은 등한시等閑視하고 살아온 것 같다. '우테크'는 행복의 공동체를 만드는 기술이고 행복하게 살아가는 전략이다.

오랜만에 우연히 마주친 친구와 '언제 한번 만나자'라는 말로 돌아설 것이 아니라 그 자리에서 점심 약속을 잡아야 한다. 아니면 다음 날이라도 전화나 메일로 '먼저' 연락을 해라. 친구나 동호인 모임에 가면 자진해서 봉사하는 직책을 맡는 것도 우테크가 될 수 있다. 가능하면 젊은 친구들과 만나는 것도 우테크에 도움이 될 것이다. 무엇보다도 우테크의 제1 순위는 배우자와 갖는 시간이다. 가장 많은 시간을 함께 보내는 배우자의 건강을 살피고 같은 취미생활을 할 수 있으면 가장 멋진 우테크가 될 것 같다.

친구라는 인간관계만큼 사람 살아가는 데 큰 비중을 차지하는 것도 없다.

서로 주고받는 영향이 너무 크기 때문에 속담에 '마누라 팔아 친구 산다.'라는 말까지 생겨났다. 그만큼 친구를 소중히 여기는 우리의 전통은 우정을 인생의 높은 가치로 우러러보게 하였다.

영국의 철학자 '베이컨'은 친구가 없는 세상을 황야荒野에 비유하였다.

황야를 혼자 걸어가는 사람의 모습을 상상하면 얼마나 쓸쓸하고 처량하겠는가. 우리에게 어려움이 닥쳤을 때 찾아갈 사람 없고, 함께 의논할 상대도 없다면 우리의 생활이 얼마나 외롭겠는가? 친구가 없는 인생은 생각할 수가 없다. 정다운 벗이 필요하고 서로 진심으로 마음을 터놓고 사귀는 막역한 친구가 있어야 한다.

지금은 인간 100세를 향해 가는 장수시대! 우테크로 인간 삶의 질을 높여야 할 때다.

성년의 날

　오늘은 성년의 날이다. 기념일로 지정된 지 벌써 43년 세월이 지났다.

　성년의 날은 만 19세가 되는 젊은이들에게 성년이 되었음을 축하해 주는 날이다. 성년이 되는 젊은이들이 국가와 민족의 장래를 짊어질 성인으로서 자부심과 책임을 일깨워 주는 날이기도 하다. 매년 5월 세 번째 월요일을 기념일로 지정하고 있다. 종전까지는 만 20세이던 성년 연령은 2013년부터 19세로 낮아졌다. 올해 성년이 되는 사람은 2002년에 출생한 사람들로 68만여 명이라고 한다.

　최근 우리나라에서는 성년의 날에 장미, 향수, 키스를 선물로 하는 풍속이 유행하고 있다. 장미꽃의 꽃말은 '열정'과 '사랑'이다. 성인이 된 젊은이에게 무한한 열정과 사랑이 지속되기를 바라는 의미일 것이다. 꽃향기만큼이나 아름다운 이미지로 영향을 끼치도록 향수를 선물한다. 키스는 지인이나 가족이 아닌 연인으로부터 받는 선물이다. 서로 책임감 있는 사랑을 하라는 의미가 있을 것이다.

　고등학교를 졸업하고 대학 문을 들어서며 우리는 어느새 성인이 되는 줄도 모르고 어른이 되어있었다. 지금의 젊은이들은 그 시절에 비하면 축복과 은혜를 받으며 세상에 태어난 사람들 같다.

옛말에 '개구리 올챙이 적 생각 못 한다.'라는 이야기가 있다. 개구리가 올챙이 시절을 모르듯이 젊은이들은 세상에 태어나 저절로 성년이 된 듯 착각하기 쉽다. 성인이 되는 젊은이들은 같은 시대를 살고 있는 모든 사람들과 관계 속에서 살아가야 한다. 많은 사람들과 알게 모르게 맺어진 끈끈한 인연 속에서 서로 교류하며 살아가고 있는 것이다.

흔히 하는 말이 있다. '어려서는 네 다리로, 젊어서는 두 다리로, 늙어서는 세 다리로 사는 게 인생'이라고 했다. 이처럼 두 다리로 다닐 수 있는 젊은 날 외에는, 홀로서기가 불가능한 것이 인간이다. 어찌 보면 한 생명으로 세상에 태어나는 순간부터 맞이하게 되는 인간의 숙명인지도 모른다.

성년이 된 젊은이들이 '오늘의 나'로 우뚝 서 있을 수 있는 것은 부모를 비롯한 가족과 이웃들의 도움이 있었기 때문이다. 각종 인연으로 얽힌 인간관계가 성년을 탄생시킨 것이다.

옛날에는 성년식을 관례冠禮라고 하였다. 성년 나이가 되면 남자는 상투를 틀고 갓을 썼으며, 여자는 머리를 올려 쪽을 찌고 비녀를 꽂았다. 나이가 많아도 성년례成年禮를 치르지 않으면 어른 대접을 받지 못하고 혼례婚禮도 할 수가 없었다. 관례를 거쳐야 어른으로 인정을 받고 성인으로서의 권리를 누릴 수 있었다.

근대 국가에서 성인의 날에 얻는 첫째 권리는 참정권이다. 대통령 국회의원을 비롯한 각종 선출직 공무원을 선출하는 투표권을 갖게 된다. 첫 번째 주어지는 임무는 병역 의무다. 성인이 되면 누구나 국방의 의무를 지도록 헌법에 명시하고 있다. 또한, 성년이 되면 모든 소송의 대상이 된다. 미성년 때는 법률 대리인의 동의를 얻어야 했지만, 성년이 되면 독립된 법률 행위를 하고 책임도 진다. 흡연 음주 등 청소년 때 구속을 받던 행위가 자유로워진다.

인간이 아닌 다른 동물들은 어미 뱃속에서 나오면 혼자 서고 걸으며 어미의 젖을 찾아 먹으며 스스로 성장한다. 그러나 세상에 처음 태어난 아가 인간은 엄마의 품에 안겨 일정 기간 도움을 받지 않으면 생존도 성장할 수 없는 존재다. 그러므로 '성년이 된 내가 지금 여기에 있다'라는 것은 낳아 주고 길러주신 부모님의 사랑이 있었기에 가능한 것이다. 부모님 은혜에 감사하고 효도하며 살아가야 하는 이유다.

올해 성년의 날을 맞는 젊은이들은 유난히 축복을 받은 세대들 같다. 2002년 '월드컵둥이'들이 태어나던 해는 온 나라가 축제 분위기였다. 올림픽과 더불어 가장 큰 지구촌 스포츠 축제였던 '월드컵축구'를 유치해 성공적으로 치르고 '월드컵 4강'이라는 신화까지 썼다. 근대화된 우리나라가 세계만방에 국위를 선양한 역사적 사건이었다. 온 국민은 하나로 뭉쳤고 세계인들은 놀란 눈으로 우리를 바라보았다. 누가 시키지 않아도 국민들은 스스로 질서를 지켰고 나라가 온통 축제 분위기였다. 국민들은 모두가 한 지붕 아래 같은 식구처럼 친근하고 웃음을 나누었다.

온 국민들 박수 속에 축복과 은혜를 받으며 태어나 성년이 된 '월드컵둥이'들이 바르고 정의로운 조국의 역군들이 되었으면 좋겠다.

사람은 누구나 사랑을 하며 세상을 살아간다.
처음 사랑에 빠졌을 때의 감정은 평생을 두고 잊히지 않는
다. 사랑을 느끼는 순간 가슴을 꽉 채우는 충만감, 그 설렘,
말로 다 표현할 수 없는 환희의 시간들이다.

6부

다시 보는 전원일기

철이 되면 씨 뿌리고, 돌보고, 거두는 일이 자연의 순환
이라면, 못자리를 시작으로 벼 베고 방아 찧어 쌀독 그
득히 채우며 흐뭇해하는 농부의 표정이 한 해 농사의
마무리일 것이다.

사랑의 감정

지금은 작고하신 철학박사 안병욱 교수는 사랑은 인간의 주성분 主成分이라고 했다. 우리 몸의 70%가 물로 되어있듯이 사람의 정신 은 사랑으로 되어있다. 사람의 인격과 생활을 구성하는 기본요소는 사랑이다. 인간이 있는 곳에 사랑이 있고 사랑이 있는 곳에 행복이 있다. 사랑은 행복을 구성하는 기본원리다. 산다는 것은 사랑하는 것이요, 사랑하는 것은 사는 것이다.(生卽愛)

인간은 사랑이 없으면 살아갈 수 없다. 사랑하지 않는 사람은 이 세상에 아무도 없다. 인간은 누군가를 사랑하는 동시에 누구의 사 랑을 받으며 살아가야 하는 존재다.

사랑의 감정이란 과연 무엇일까?

사람은 누구나 사랑을 하며 세상을 살아간다. 처음 사랑에 빠졌 을 때의 감격은 평생을 두고 잊히지 않는다. 사랑을 느끼는 순간 가 슴을 꽉 채우는 충만감, 잠시라도 떨어져 있으면 보고 싶어 안달이 나던 그 안타까움, 그가 없이는 도저히 못살 것 같은 절박감, 생각 만 해도 가슴 떨리던 그 설렘, 그 사람과 함께 하는 시간 속에서 느끼던 달콤한 감정… 말로 다 표현할 수 없는 환희의 시간들이다.

하지만 인간의 감정이란 변하는 속성이 있는가 보다. 그처럼 열정적이고 꿈같던 사랑의 느낌이 자신도 모르게 점점 더 무뎌져 간다. 익숙하고 편안하던 사랑의 감정이 변화의 조짐을 보이는 것이다. 뭔가 초조하고 불안한 감정의 씨앗이 싹트는 것이다. 처음에는 오직 나뿐이었던 그의 관심사는 다른 일에도 관심을 가지게 된다. 그는 나 말고도 일과 친구 등 다른 문제에도 신경을 쓰게 된다. 때로는 혼자 있고 싶어 하는 그를 보며 가슴이 철렁 내려앉는다. 이해할 수 없는 사랑의 감정 변화다.

그런데 재미있는 것은 뇌腦 과학자들의 설명이다. 열정적인 사랑의 감정은 뇌신경의 화학작용으로 일어난다는 것이다. 사랑의 각 단계마다 신경전달물질인 엔도르핀, 도파민 등이 분비되어 뇌 연변으로 전달되어 쾌감을 느끼게 한다는 것이다. 그런데 사랑이 시작된 지 18-30 개월쯤 되면 항체抗體가 생겨 사랑과 관련된 화학물질이 더 이상 발생하지 않는다. 사랑의 감정이 느슨해지는 원인인 셈이다.

그러면 가슴 뛰는 사랑의 감정을 더 지속시킬 수는 없는 것일까?

사랑의 감정이 조금이라도 식는 것을 참지 못하는 성급한 이 시대 젊은이들이다. 애석하지만 인간의 감정이 변하듯 사랑도 변한다는 애정愛情의 특성이 있다.

인생이 한평생의 과정이듯 사랑도 하나의 과정을 거치는 것이기 때문에 사랑의 감정이 변하는 것도 당연하다.

사랑의 과정은 사랑에 열정적으로 '빠지는 단계'에서, 사랑을 '하는 단계'를 거쳐 사랑에 '머무는 단계'에 도달하는 것이다. 사랑은 먼 거리를 여행하는 여로旅路와 같은 것이다. 삶의 여행을 하는 동안 사랑하는 법을 배우는 게 인간이다. 사랑에 빠지기는 쉬워도 사랑에 머무르기는 쉽지 않을 것이다. 사랑의 열정이 식는다고 생각하면 갈등하고 다투며 끝내 결별을 하는 경우도 있다. 사랑에 빠지는 단계는 아니라도 사랑에 머무는 단계에서 사랑의 감정을 이어갈 수 있다.

인간은 현실 속에서 서로의 삶을 나누며 따뜻하고 부드러움 속에 살아가는 존재다. 행복하고 편안한 가운데 사랑에 머물게 되는 것이다. '사랑에 머문다'는 것은 남자와 여자가 도달할 수 있는 진정한 사랑의 모습이다. 사랑에 머물기 위해서는 상대를 이해하고, 있는 그대로를 인정해야 한다. 그 어느 때보다 애정을 가지고 관계를 지속시키도록 노력을 기울여야 할 것이다. 열정적으로 사랑에 '빠지는 것'만 진정한 사랑이 아니다. 더욱 성숙한 사랑은 사랑에 '머무는 것'이다.

우리는 모두가 사랑하고 사랑받을 수 있다. 사랑의 감정은 서로가 확인確因하는 것이 아니라 확신確信하는 것이다. 우리는 모두 사랑하고 사랑받을 수 있는 존재다. 사랑은 언제나 우리 삶 속에, 모든 아름다운 경험 속에, 때로는 비극 속에 존재하는 것이다. 사랑은 삶에 깊은 의미를 불어넣는 순수한 감정이다. 사랑은 살아 있고 만질 수 있으며, 우리 마음속에서 숨 쉬고 있다.

부모 말 듣지 않는 자식

부모가 아홉 살 된 딸에게 하루 한 끼 밥만 주었다. 목에 쇠사슬을 감아 4층 빌라 꼭대기 테라스에 묶어두었다. 자물쇠로 잠갔다가 화장실 갈 때나 밥을 먹을 때만 풀어주었다. 자물쇠가 채워진 채 이틀을 견디던 아이는 부모가 잠시 사슬을 풀어준 사이 높이 10m 지붕을 타고 옆집으로 넘어가 도망을 쳤다.

아이에게는 목숨을 건 너무도 위험한 탈출이었다. 잠옷 바람에 맨발로 탈출해 온 그녀는 집에서 600~800m 거리에서 지나가던 시민에게 발견돼 구조되었다고 한다.

영화나 소설 장면이 아닌 실제상황이었다. 엊그제 일간 신문 사회면에 실렸던 '경남 창녕 9세 아동학대 사건'이다. 딸을 학대한 계부와 생모는 딸이 말을 듣지 않아 저지른 일이라고 했다. 상식적으로 있을 수 없고, 보통사람이라면 상상 밖의 어처구니없는 사건이었다.

얼마 전에는 충남 천안에서 40대 계모가 9살 난 남자아이를 7시간 동안 여행용 가방에 가둬 결국 숨지게 한 사건도 있었다. 며칠 사이에 일어난 두 아동학대 사건은 사회적 파장이 엄청나게 큰 것 같다. 더구나 9살 난 여자아이는 '코로나' 여파로 학교에 가지 못하고, 집에서 지내는 시간이 많아지면서 지속적으로 학대를 당했다고 해서 더욱 가슴 아프게 한다.

부모가 자녀에게 '사랑의 매'를 드는 건 자식의 훈육訓育을 위한 수단이었다. 부모는 자식을 바르게 키우기 위해 매를 들 수 있다는 사회적 분위기가 있었던 것도 사실이다. 부모를 비롯한 친권자에게 아이를 보호하고 교양할 권리와 의무를 법적으로 보장도 하고 있다.(민법913조)

그러나 자녀에게 신체적 고통을 가하는 체벌이 정당화될 수는 없다. 우리는 오랜 가부장적 문화 속에서 자녀 훈육을 위해 '사랑의 매'라는 체벌을 해 왔다. 요즈음의 아동학대 현상은 사랑의 매가 아닌 잔인한 인간성을 보는 것 같아 마음 아프다. 부모 뜻대로 되지 않는 게 자녀교육이고 가정교육이다.

부모 말 듣지 않는 자식을 훈육한 황희 정승의 일화가 떠오른다.

황희 정승은 조선조 초기 우의정, 좌의정, 영의정 부사 등을 역임한 문신이었다. 청백리이자 명재상으로 누구에게나 잘 알려진 인물이며 조선조 최장수 재상이었다. 그는 정치 일선에서 원칙과 소신을 견지하면서도 때로는 관용의 리더십을 발휘하여 건국 초기 조선조 안정에도 기여했다.

황희 정승에게는 수신守身이라는 아들이 있었다. 그 아들은 술과 기생을 지나치게 좋아했다. 공부를 게을리하고 걸핏하면 술에 취해 집에 들어오지 않았다. 여러 번 훈계하고 매를 들었지만 아들의 버릇은 고쳐지지 않았다.

어느 날 황희 정승은 관복을 갖춰 입고 아들을 기다렸다. 술에 취한 아들이 집안에 들어서자 황희 정승은 땅에 엎드려 큰절을 하였다. 이를 보고 놀란 아들이 물었다.

"아버님! 어인 이유로 저에게 이러십니까?"

이에 황희 정승은 이렇게 말했다.

"자식이 아비 말을 듣지 않으면 아비를 아비로 여기지 않음이니, 나도 그 자식을 손님으로 맞이하는 것입니다."

정승 아버지 말을 들은 아들은 깊이 깨우치고 반성하였다. 그 뒤 아들은 술과 기생을 끊고 학문에 정진하여 훗날 영의정까지 올랐다.

부모 말 듣지 않는 자식을 아버지의 기지와 지혜로 바로 잡은 일화인 것이다.

어느 가정이나 마찬가지겠지만 오늘날 대부분 가정에서 부모와 자녀, 가족 간의 대화가 거의 없어지는 것 같다. 산업화 도시화로 인한 핵가족화는 물론, SNS로 연결되는 사회망社會網이 가족 간의 만남이나 대화를 단절시키고 있다. 사회의 기본단위인 전통적 가정이 해체돼 가고 있다. 밥상머리 교육이라는 아름다운 우리의 교육 장소가 사라져간다.

가정이 건전할 때 사회가 건전할 수 있고 나라가 부강할 수 있다.

사회 환경이 변하고 가족제도가 바뀌어도 '식구'라는 가족 간 인

간관계는 여전한 것이다. '부모 말 듣지 않는 자녀' 아이들에 대한
책임은 인생 경험 선배며 어른인 부모에게 있다는 생각을 잊어서는
안 될 것 같다.

사랑이란

영화나 드라마를 보면 우리 사회는 연애 천국인 것 같다. 요즘 TV 드라마에서는 아침부터 밤늦도록 사랑 타령을 하고 있다. 드라마나 영화에서는 여러 가지의 연애감정을 엿볼 수 있다. 남녀가 보고 싶어 견디기 힘들어하는 애틋한 연애감정으로부터 질투를 못 이겨 복수를 서슴지 않는 처절한 감정까지 각양각색이다. 연애란 남녀가 상대방을 서로 사랑하며 사귀는 행위다.

이성을 사랑하고 싶어 하는 욕구는 인간의 본능일까?

개나 원숭이에게도 연애감정이 있을까?

동물들은 종족을 보존하기 위한 성적 욕구가 존재할 뿐이다. 연애감정이란 현대 사회에서 인간만이 누릴 수 있는 순수한 사랑의 감정이다.

사랑이란 무엇일까?

이러한 물음들은 수천 년 동안 문학이나 철학 등 인문학 분야에서 끊임없이 이어져 온 주제다. 미국의 심리학자 로버트 스턴버그 (Robert Stemberg)는 '사랑의 삼각형' 이론으로 다양한 사랑의 형태를 이야기하고 있다.

그는 사랑의 3요소를 친밀감, 열정, 헌신이라고 했다. 이 세 가지 요소가 종합되는 정도에 따라 다양한 사랑의 모습이 나타난다고 했다.

'친밀감'이란 서로가 가깝게 연결되어 있으며 서로 결합하여 있다고 느끼는 감정이다. 상대방과 함께 있으면 편안함을 느끼고 서로를 의지하고 이해를 한다. 정서적으로 가깝다고 느끼고 함께 있으면 편안하고 즐겁다. 상대방의 행복을 바라며 자신의 소유물을 상대방과 공유해도 좋다고 생각한다.

'열정'은 사람을 생리적으로 들뜨게 만든다. 상대로부터 순간적으로 짜릿하고 강력한 느낌을 받거나 성적 매력을 느낌으로써 열정이 생겨나는 것이다. 열정은 행동을 일으키는 직접적인 동인動因이 된다.

'헌신'은 사랑의 감정에서 짧게 보면 누군가를 사랑하겠다는 결정을 의미한다. 더 길게 보면 사랑을 유지하겠다는 언질이나 약속을 하는 것이다. 그 결과 헌신을 약속하면 상대방에 대한 책임이 생기게 마련이다.

사랑의 삼각형 이론에서는 이러한 3가지의 요소가 서로 영향을 주면서 삼각형 모양이 다양하게 나타난다. 사랑의 형태에 따라 삼각형 모양도 각각 다르다. 일반적으로 친밀감은 서로에 대한 유대감을, 열정은 성적 욕망을, 헌신은 사랑을 지속하려는 의지를 나타낸다.

친밀감이 높고 헌신이 강한 중년 부부의 사랑을 '우애적 사랑'이라 한다. 부부 관계를 지속하면 서로에 대한 성적 욕망은 줄어들지만, 부부로서 서로를 잘 이해하게 되고 가정을 유지하기 위해 힘쓴다. 친밀감이 높고 열정이 강한 사랑을 '낭만적 사랑'이라 하며, 서로에게 성적 매력을 느끼고 믿음이 있지만, 사랑을 지속하려는 의지는 부족한 상태다. 사랑을 지속하려는 의지가 강해지면 결혼을 서두르게 된다.

열정만 강하고 친밀감이나 헌신은 약한 도취적 사랑을 '짝사랑'이라 한다.

상대에게 강한 성적 매력을 느끼지만, 헌신이나 친밀감을 형성할 기회가 없어 혼자 가슴앓이를 하는 경우가 많고 금방 끝나게 되는 가벼운 사랑이다.

연애는 사랑의 3요소 가운데 친밀감과 열정이 강한 사랑의 형태다. 열렬하게 사랑은 하지만 헌신이 이루어지지 않고 장래에 대한 약속이 없어 장래가 불안한 사랑이다. 연애의 과정이란 상대에게 헌신을 하게 될 동기나 이유를 찾고 확인하는 과정이다. 스턴버그는 사랑을 구성하는 3가지 요소를 모두 갖춘 경우를 완전한 사랑이라고 했다. 그러나 완전한 사랑을 한다는 것 자체가 대단히 어려울 뿐 아니라 현실적으로 이러한 사랑을 보기는 쉽지 않다.

사랑의 정의란 '상대방을 애틋하게 그리워하고 열렬히 좋아하거나, 다른 사람을 아끼고 위하며 소중히 여기는 마음'이다. 모성애, 부모 사랑, 우애(우정), 자매간 사랑은 연애보다 고결하고 위대한 사랑으로 보아야 할 것 같다.

'흑과 적'의 저자 스탕달은 말했다.

남자는 사랑을 받고 있는 줄 알면 기뻐하지만 그렇다고 번번이 '나는 당신을 사랑합니다'라는 말을 듣게 되면 진저리를 낸다. 그러나 여자는 날마다 '당신을 사랑합니다'라는 말을 듣지 못하면 혹시 남자의 마음이 변하지 않았는가 하고 의심을 한다고 했다.

남자와 여자는 아주 사소한 것에서도 차이가 있어 이해하지 못하고 이별하는 경우까지 있다. 그러나 사랑은 인간을 인간답게 만드는 힘이 있다. 사랑은 인간을 변화시키는 역동적인 힘이다. 사랑은 지상에서 가장 아름다운 힘이요, 인생의 최고의 선善이다.

술

술!

보잘것없는 사람도 위대해지도록 만드는 묘약으로 술보다 더 멋진 것은 없는 것 같다. 사람은 타인으로부터 시선을 의식하고 사는 동물이다.

다른 사람으로부터 칭송과 칭찬을 받고 사랑받기를 바라는 게 인간의 본성이다. 타인으로부터 멸시, 비하, 미움, 무관심의 대상이 되기 싫어하는 건 너무도 당연한 것이다.

다른 사람들로부터 관심의 대상이 되고 싶어 부단한 노력을 하는 것이 인간이다. 돈을 많이 벌려고 힘쓰며 학벌을 높이 쌓으려고 공을 들인다.

몸매를 가꾸고 멋을 내며, 회사 조직에서는 고위직에 오르려고 애를 쓴다.

그래야 주변에 찬양하는 사람들이 들끓게 마련이다. 한마디로 말해 남보다 위대해지면 되는 것이다.

사법고시에 합격하거나 올림픽에서 금메달을 따면 일약 스타가 된다. 유명한 연예인이 되거나 프로 축구, 프로 야구의 유명 선수가 되어 수백 수천억 원의 연봉을 받으면 스타덤에 오르게 된다.

한 개인이 이렇게 소망을 이루고 위대해지면 타인들로부터 부러움의 대상이 되게 마련이다. 그러나 찬란하고 위대한 시간은 영원할 수 없는 게 세상 사는 이치다. 언젠가는 초라하고 비참한 시간이 찾아온다.

한때 많은 이들로부터 시선을 한몸에 받았던 사람도 비참한 시간이 찾아오는 것이다. 많은 사람으로부터 시선을 한몸에 받았던 사람도 때가 되면 현실은 퇴락하고 그 누구도 나를 거들떠보지 않는다.

이럴 때 우리는 쓸쓸하게 술잔을 들게 되는 것이다.

첫 잔은 현재의 초라한 모습을 반영이라도 하듯이 쓰디쓰지만, 한 잔 두 잔 들어가면 술은 어느 사이엔가 우리에게 위대했던 과거와 그 시절의 희열을 선사한다. 이처럼 술은 우리를 에덴동산처럼 아름다웠던 과거로 데리고 가는 최고의 묘약인 것이다.

술은 위대했던 과거를 찾아주는 묘약이지만 술에 대한 지나친 욕망이나 사랑, 즉 음주욕의 문제를 일으킨다. 적당한 술을 마시는 것이 아니고 너무 지나치게 술을 찾을 때 과음이라는 도깨비를 만난다. 술꾼들의 궤변이 재미있다.

"처음에는 사람이 술을 먹고, 좀 취하면 술이 술을 먹고, 만취가 되면 술이 사람을 삼킨다."라는 것이다.

음주욕은 어디서 오는 것일까?

현재 자신에 대한 무기력과 패배의식 때문이라고 한다. 누구나 불행하고 비참한 현실을 깨끗이 잊고 싶어 한다. 내 과거 인생의 정점이었던 시절을 꿈꾸려고 한다. 과거 찬란했던 황금기를 찾아야 현재의 잿빛에서 그나마 숨통을 틀 수 있을 것만 같은 생각이 드는 것이다.

술이라는 묘약으로 순간적이나마 한때의 정점을 향유했던 과거의 내가 불쑥 나타나 현재의 불우하고 보잘것없는 나를 잊게 할 수 있다.

우리는 살아가면서 학교 동창회에 나갈 때가 있다. 술과 동창회 풍경에서도 영광스러웠던 과거와 초라해진 현실의 갈등을 엿볼 수가 있다. 사람은 현재 자신의 삶이 어려울수록 과거의 영광을 확인하고 싶은 욕망이 생긴다.

한때는 반장이었고 공부도 잘해서 다른 친구들의 부러움과 선생님의 칭찬 속에서 살았던 시절이 너무도 그리운 것이다.

과거에 자신보다 공부를 못했던 친구가 어느 사이엔가 판검사가 되어있을 수도 있고, 박사학위에 대학교수가 되어 명성을 떨칠 수도 있다. 물론 현재 잘 나가는 친구는 과거에 자신보다 잘 나갔던 친구 앞에서 뻐기고 싶은 심정도 있을 것이다.

지금은 몰락했지만, 과거 영광스러웠던 위치에 있던 사람과, 과거에는 불우한 시절을 보냈지만, 지금은 존경받는 자리에 있는 사람 사이에서 동창회는 은연중 다툼으로 번지기도 한다. 과거의 왕과 현재의 왕 가운데 누가 동창회에서는 큰소리를 칠 것인가. 과거의 왕은 대취해서 화려했던 과거 시절로 돌아간다.

그렇지만 과거의 영광이 무슨 소용 있겠는가. 대부분 친구들은 과거의 왕이 취했다며 조롱을 하고 현재의 왕 편을 드는 것이 세상 인심이다.

술은 인간에게 과거와 현재의 부침浮沈에 대한 서글픈 보고서 같다.

아버지의 눈에는 눈물이 보이지 않으나
아버지가 마시는 술에는 눈물이 절반이다

어느 시인의 한 구절이 잔잔한 여운을 남기는 것 같다.

산다는 것은

입동이 지난 지 십여 일이다. 며칠 있으면 소설小雪 절기로 접어든다.

추위가 바로 닥칠 것 같더니 요즘 날씨는 해동하는 날씨처럼 포근하기만 하다.

새로운 역병 코로나 때문에 세상이 시들하고 세상 살아가는 모습들이 많이 바뀌고 있다. 길거리에서, 버스나 전철 안에서, 마주치는 모든 사람들은 마스크를 쓰고 있다. 금년 초 코로나 습격을 받고 마스크 쓴 군상群像을 처음 봤을 때는 놀랍고 당황스러웠다. 마치 외계인과 마주치는 것 같아 기이하고 신기한 느낌이 들기도 했다.

머지않아 '코로나19'에 시달리며 살아온 세월이 어언 일 년 가까워져 온다.

지금은 마스크를 쓰지 않은 사람이 오히려 이상해 보인다.

음식점이나 상점, 목욕탕이나 이발소를 가도 본인 전화번호와 발열 기록을 남겨야 한다. 금년 2월에 출발하기로 했던 해외여행도 무기한 연기된 상태다.

언제 떠날는지 기약도 없으니 답답하기 그지없다. 일상생활이 이렇게 불편하게 바뀐 지가 1년여 가까이 되고 보니 앞날이 답답하다. 옛날보다 바뀌는 것이 많고 생활은 불편해졌어도 우리들 삶은 이어져 가고 있다.

우리가 세상을 산다는 게 무엇일까?

산다는 게 무엇이냐고 묻는다면 너무 막연해 쉽게 답변이 나오지를 않는다.

그러나 하루하루의 삶을 되돌아보면 구체적인 내용들이 나온다.

개인의 하루 삶은 보고, 듣고, 먹고, 말하고, 생각하고, 행동하는 것이다.

따라서 오늘은 무엇을 보고, 무엇을 듣고, 무엇을 먹으며, 어떻게 말하고, 무슨 생각을 하며, 어떤 행동을 하느냐가 나의 하루 삶이 된다. 이러한 개인의 삶이 그의 존재이며 실존實存인 것이다.

나 자신은 오늘 하루를 어떻게 살았을까? 조용히 명상에 잠겨본다.

어제 저녁 식사 후 책을 좀 읽다가 잠이 들었다. 아침에 잠을 깨고 보니 6시 조금 전이다. 잠자리에서 일어나 거실로 나와 창밖을 내다본다. 칠흑 같은 어둠뿐 여기저기 가로등 불빛만 졸고 있다. 식탁에 홀로 앉아 커피를 한 잔 마시며 하루 일정을 생각하고 있었다. 아내가 안방에서 문을 열고 거실로 나온다.

'잘 잤지?'라는 한마디가 하루를 시작하는 인사말이다. 아내는 내가 하루의 삶을 시작하며 가장 먼저 만나는 사람이다.

사람 인人이라는 한자 모양은 두 개의 막대가 서로 버팀목이 되어 떠받치고 있는 모습이다. 막대 둘 중 하나만 빠져도 쓰러질 수밖에 없다. 그러므로 사람은 태생적으로 홀로 살 수 없고, 다른 사람과 서로 돕고 의지하며 살아가야 하는 존재다. 그러기에 인간은 홀로 살 수 없는 존재가 분명하다.

날이 훤하게 밝아 오고 거실 창문에 맑은 햇살이 와 닿는다.

식사 때마다 식탁 준비하는 아내를 보며 미안하다는 생각이 종종 든다.

젊어서 현직 시절 객지생활이나, 은퇴 후 고향에서 노모를 모시고 살던 시절에는 미처 몰랐다. 두 식구 단둘이서 살다 보니 아내는 끼니마다 식탁 메뉴에 신경을 쓰는 것 같다. 식탁을 준비하고, 먹고 대화하며 생각하는 것도 삶의 한 과정임이 틀림없다.

아침 식사가 끝나기 무섭게 나는 집을 나선다. 아파트 단지 내 도보에는 낙엽이 수북이 쌓여있다. 지하철역으로 가는 길 위에도 은행잎들이 노랗게 쌓여있다. 수북이 쌓인 낙엽을 밟는 감촉이 둔탁한 느낌이다.

초안산 근린공원에서 두 시간여 동호인들과 운동을 하고 헤어졌다. 발길을 우이동 솔밭공원으로 돌렸다. 포근한 날씨 탓인지 공원 쉼터 여기저기 많은 사람들이 모여 있다.

오늘 모임은 60여 년 전 함께 대학 문을 들어섰던 학번學番 동기생들이다.

이제는 모두 고령의 노인들이 되었다. 숱은 빠지고 희끗희끗해진

머리, 깊게 파인 얼굴 주름살, 꾸부정해 볼품없는 몸매, 불편해 보이는 걸음걸이… 무엇 하나 생동감 없는 초라한 모습들이다. 준비된 음식과 술을 마시며 대화는 무성하고 활기찼다.

살아온 세월보다 살아야 할 날들이 얼마 남지 않은 군상群像들이다.

우리 곁을 스쳐 갈 다른 사람들은 이 '회색빛 좌석'을 불쌍히 여기지는 않을까.

자괴감이 들고 한숨이 나올 것만 같았다.

초겨울 짧은 해가 서산에 머무는 걸 보며 일행들과 헤어졌다. 귀갓길 한산한 전철 안에서 눈을 감고 조용히 생각해 보았다. 오늘 하루 보고, 듣고, 먹은 것, 사람들과 만나 대화하며, 생각하고 내가 한 행동들….

하루의 삶이 선명하게 눈에 보이는 것 같다. 하루하루 쌓이는 삶이 평생 가면 나의 인생이 되겠지.

나는 행복한가?

소나무여, 소나무여, 늘 푸른 소나무여
네가 늙어서, 고색이 창연한 몰골이 되거든
용이나 되어 승천해 버리거라
지상에선 아무도 네 모습 못 찾게

박희진 시인의 '소나무여' 일부 발췌문이다.

소나무는 절개의 상징으로 우리나라 사람들이 가장 좋아하는 나무이자 대표 나무라고 한다.(43.8%) 서울 강북구 우이동 북한산으로 들어가는 길목에 솔밭공원이 있다. 북한산 자락을 타고 살포시 내려와 아담한 자태를 하고 있다.

우이동 종점으로 가는 버스가 많고, 신설동으로 이어지는 경전철이 있어 교통이 편리해 찾기가 쉽다.

숲속에는 산책로와 어린이 놀이터, 배드민턴장과 광장이 위치한 근린공원이다. 2004년에 개장한 이 공원은 서울 강북구에서 자생하는 나무를 위주로 심은 유일한 소나무 군락지群落地다. 자그마한 연못이 있고 근처를 걸을 수 있는 산책로에는 인적이 끊이지 않는다. 높게 뻗은 소나무들이 빽빽하게 자리 잡아, 때로는 소나무 향이 바람에 흩날려 은은한 내음이 날 때도 있다. 하루 1만보 걷기 운동은 나의 일과 중 하나다. 요즈음 더러 찾아가 걷고 있는 곳이 솔밭공원이다.

엊그제 일요일은 친구들과 세 사람이 솔밭공원에서 만나게 되었다. 학창시절부터 팔순을 넘긴 지금까지 끊이지 않고 이어온 우정의 만남이다. 연못가 쉼터에 앉아 간식을 먹으며 한가로운 시간을 보내고 있었다.

시국 이야기, 건강 걱정, 옛 추억을 더듬으며 한담을 나누는 시간이기도 했다.

지난 총선에서 둘째 아들이 국회의원에 당선되어 '국회의원 아버지' 신분이 된 친구가 한숨을 쉰다. 아들이 국회의원이 되었으니 집안의 경사고 가문의 영광이련만 친구는 더러 침울할 때가 있다. 신은 인간에게 좋은 것만 다 주지는 않는 모양이다. 언제부턴가 친구는 건강이 좋지 않아 병원 신세를 자주 지는 편이다. 지금은 투석을 하며 일상을 불편하게 지내고 있다.

사람 행복이 무엇인지 모르겠다며 한숨짓는 친구가 애처로웠다. 친구 두 사람은 옆에서 위로는 하지만, 겨우 위로의 말뿐이었다. 친구의 건강을 위해 해줄 수 있는 게 아무것도 없다는 걸 알고 허탈한 기분에 빠졌다.

정담을 나누며 시간을 보내는 동안 초겨울 짧은 해가 북한산 봉

우리에 걸려 있다. 헤어져 귀갓길에 전철 안에서 지그시 눈을 감고 생각해 보았다.

행복이라는 게 과연 무엇일까?

인간이 세상에 태어났으면 세상을 살아가는 게 당연하다. 사람은 세상을 살아가는 목적이 있어야 한다. 인간 삶의 목적은 행복을 추구하는 데 있을 것이다.

행복이란 인간 개개인이 '삶의 즐거움'을 느끼는 것이다. 행복은 객관적이기보다 주관적 관념이다. 인간의 행복은 사람마다 모두 다를 수밖에 없다.

'삶의 목표는 행복에 있습니다. 그것은 분명한 사실입니다. 종교를 믿든 안 믿든, 또는 어떤 종교를 믿든, 우리 모두는 삶에서 더 나은 것을 추구하고 있습니다. 따라서 나는 삶의 모든 행위가 행복을 향하고 있다고 믿습니다.'

티베트의 정신적 종교 지도자 '달라이 라마'가 한 말이다. 행복을 삶의 진정한 목표로 보고, 행복을 찾기 위해서 우리는 어떤 삶을 살아야 할까? 행복의 추구는 한 개인뿐 아니라 가족과 사회에도 도움을 준다는 사실을 알아야 한다.

'달라이 라마'는 마음의 수행을 통해 행복을 발견할 수 있다고 했다. 그러나 행복이 마음의 상태가 중요하다고 해도, 음식과 옷과 집에 대한 우리의 기본적 욕구까지 무시한다는 것은 아니다. 행복해지기 위해 더 많은 돈, 성공이나 명예, 완전한 육체, 심지어 완벽한 배우자가 필요한 것은 아니다.

현대인들은 행복의 기준을 흔히 남보다 많고 큰 것을 차지하고 누리는 것으로 생각한다. 수십억짜리 주택, 몇억짜리 자동차, 수억짜리 각종 회원권을 가져야 성이 차고, 그것이 행복인 줄로 착각하고 있다.

물론 행복이 주관적인 가치이므로 가타부타할 수는 없지만, 행복은 결코 많고 큰 데만 있는 것은 아니다. 적거나 작은 것을 가지고도 고마워하고 만족할 줄 안다면 그는 행복한 사람이다.

현대인들의 불행은 모자람에서가 아니라 오히려 차고 넘침에 있다.

우리가 불행한 것은 가진 것이 적어서가 아니라 따뜻한 가슴을 잃어가기 때문이다. 따스한 가슴은 이웃들과 정을 나누는 데서 시작된다.

우리는 지금, 이 순간 죽지 않고 건강하게 살아 있다는 것만으로도 감사해야 한다. 감사와 사랑은 행복의 원천이다. 사랑을 주고받는 감정보다 더 큰 행복이 있을까? 친구가 건강을 회복해서 우리의 굳건한 우정을 오랫동안 이어 갔으면 좋겠다. 하루하루를 즐겁게 살아가는 이는 행복한 사람이다.

욜로족 yolo

요즘 욜로(yolo)족이란 좀 생소한 말을 더러 듣게 된다. '인생은 한번뿐이니 후회 없이 순간을 즐기며 살자'는 의미다.(you only live once)

1980년대 이후 출생한 '밀레니엄세대'와 2,000년대 초반 출생한 Z세대를 합친 'MZ세대'를 이르는 말이다. 이들 욜로족들은 불확실한 미래를 걱정하며 대비하기보다는 현재 자신의 행복을 중시하며 최대한 즐거움을 누리겠다는 것이다.

내 집 마련이나 노후 대비보다는 당장 삶의 질을 높일 수 있는 취미생활이나 자기 개발에 열중하며 살겠다는 것이다. 내 집은 없어도 고급 승용차와 수백만, 수천만 원대의 명품을 찾고 호의호식하며 살겠다는 풍조다. 이런 것들을 사치나 낭비라기보다는 자신의 이상을 실천하는 과정이라고 생각하는 것 같다.

우리의 선조들은 근검과 절약을 인간 생활의 미덕으로 보았다. 버는 범위 안에서 써야 하고, 수입 안에서 지출해야 하는 것이 올바른 생활이라고 배우면서 한평생을 살고 있다.

지구상에서 가장 가난했던 나라가 경제개발을 해서 '한강의 기적'이라고 세계인들로부터 칭찬과 부러움을 받았던 것도 '근검절약' 정신 바탕에서 이루어낸 기적이었다. 초근목피 보릿고개를 살아온 세대가 바라보는 욜로족들 살아가는 모습이 불안하고 안타깝다. 자기 분수를 모르고 사치와 낭비를 일삼는다면 스스로 재앙을 불러들이는 꼴이다.

며칠 전 일간 신문에서 우리나라 20대, 30대 젊은이들이 명품 소비시장의 큰손이 되었다는 기사를 읽고 놀란 적이 있다. 옛날에는 경제적 기반을 잡은 중장년층이나 바라볼 수 있었던 명품이었다. 젊은이들 명품 사랑이 '코로나19'를 불러들이는 꼴이다.

며칠 전 일간 신문에서 우리나라 20대 한파마저 비켜 간다는 말이 나올 정도다. 가방 신발 옷 액세서리 등 값비싼 명품을 젊은이들이 찾는다는 건 시사하는 바가 큰 것 같다.

그러나 젊은이들이 명품 소비의 주역이란 말이 무색할 정도로 현실은 너무 어두운 것이다. 통계청에 따르면 지난해 15~29세 청년 실업률은 9%라고 한다. 우리나라 전체 실업률의 배가 넘는다. 심각한 고용 한파에도 20, 30대, 심지어 특별한 수입이 없는 10대조차 명품을 원하고 사들이는 배경은 무엇일까?

서울 강남의 일부 고등학생 중에는 고액의 명품지갑, 외투를 사기 위해 편의점 아르바이트도 한다고 했다. 10대들 사이에서는 '명품을 쟁취하지 못하면 또래 집단에서 인정받기 어렵다'라는 얘기가 나온다고 한다. 부동산 가격 상승으로 인한 상대적 박탈감이 명품 소비를 부추긴다고 해석하는 전문가들도 있다. 치솟는 아파트값은 상상을 초월할 만큼 심각한 상태다.

강남 8학군에서 자란 이 모 씨(34세)는 2017년 결혼하면서 강남 집값을 잡겠다는 정부의 말만 듣고 아파트를 구매하는 대신 전세를 들었다. 하지만 3년 만에 아파트 매매가가 천정부지로 치솟아 집 사는 걸 포기했다. 3년 전 2억 원만 빌리면 살 수 있었던 아파트가 지금은 10억 원을 더 주어야 살 수 있다. 그나마 부동산 투기 억제 정책 때문에 은행 대출은 모두 묶였다. 결혼하고 보금자리를 마련해야 하는 젊은이들은 실의에 빠졌다. 주택 구입을 포기하고 사고 싶은 것 실컷 사고, 맛있는 거 먹고 즐겁게 살겠다는 반발 심리 현상이 명품시장을 달구고 있는 것 같다.

'욜로'라는 말이 2010년대 들어 우리나라에서도 대중화되었다고 한다.

욜로는 미국의 음악 차트 '랩'에 올랐던 노래 가사에서 유래된 말이다. 현재를 중시하는 젊은 세대들 가치관이 '욜로 문화'로 나타나고 있는 것 같다. 오늘의 즐거움보다는 미래를 위해 투자했던 기성세대와는 다른 삶의 방식이다. 아끼고 모아 부자가 되는 시대는 지났으며 지금 가진 것으로 풍요롭게 살겠다는 태도의 변화가 '욜로 라이프'인가 보다.

우리나라는 국제통화기금(IMF) 외채 파동으로 국가 부도 사태를 겪은 적이 있다. 한강의 기적을 자랑하며 남의 부러움을 샀던 우리가 곤경을 치르며 국제적 망신을 당했던 기억이 아직도 생생하다.

돈 좀 벌었다고 너무 우쭐했고, 먹고살 만하니까 멋부터 내다가 창피를 당한 것이다. 자기 분수를 모르고 사치와 낭비를 일삼았으니 우리 스스로가 재앙을 불러들인 꼴이었다. 근검과 절약은 어느 시대 어느 곳에서나 참된 인생을 살아가는 변할 수 없는 덕목이다.

아름다운 마음

'우리는 필요에 의해서 물건을 갖지만, 때로는 그 물건 때문에 마음을 쓰게 된다. 따라서 무언가를 갖는다는 것은 다른 한편 무언가에 얽매이는 것, 그러므로 많이 갖고 있다는 것은 그만큼 많이 얽혀 있다는 뜻이다.'

법정 스님의 '무소유'에 나오는 말이다. 화폐 제도는 인간 생활의 편의를 위해 만들어낸 제도다. 사람을 위해 돈을 만들었는데 돈에 너무 집착하다 보니 인간이 돈의 노예가 된 듯한 세상이다.

궁궐같이 크고 빛나는 집, 호화스러운 옷과 가구 비싼 보석, 번쩍이는 고급 승용차… 사람이 거주하기 위한 집인데 너무 고급스럽고 비싼 게 많아지고 보니 사람이 집을 지켜야 하는 개犬 신세가 된 꼴이다. 몸을 보호하기 위한 옷과 미모를 갖추기 위한 보석과 귀금속이 너무 비싸고 값진 물건이 되고 보니 사람이 옷과 보석을 지켜야 하는 주객전도主客顚倒 현상이 일어나고 있다.

누에는 제 창자에서 실을 뽑아 누에고치집을 짓고 열흘을 살다가 그 집을 버린다. 제비는 자기 침을 뱉어 만든 흙으로 집을 짓고 반년을 살다가 그 집에서 나간다. 까치는 볏짚을 물어 오느라 입이 헐고 꼬리가 빠져도 그 집에서 한 해만 살고 그 집을 떠나간다. 이렇게 곤충과 날짐승도 온 힘을 다해 집을 짓고 살지만, 시절이 바뀌면 어김없이 집을 버리고 떠나간다. 그런데 인간은 끝까지 모든 것을 움켜쥐고 있다가 종내에는 빈손으로 세상을 떠나고 있다.

인생에 너무 많은 의미를 부여함으로써 '의미'의 노예가 되고 불행한 신세가 되는 것 같다. 인간에게 완전한 소유란 이 세상 어디에도 없다는 것은 두루 알려진 사실이다. 더구나 위대한 자연을 완전히 소유하는 생명체는 세상천지 어디에도 없다. 태어난 생명체는 이 땅에 살아있는 동안 자연에서 모든 것을 빌려 쓰다가 떠나가는 나그네 신세 같은 것이다.

우리가 이 세상에 살면서 진정으로 소유해야 하는 것은 결코 물질이 아니고 '아름다운 마음'일 것이다. 마음속에서 얻는 것이 진정으로 인간의 귀중한 소유물이다. 현대인들은 많은 것을 옆에 두고도 제대로 써보지도 못하고 죽어 가는 불쌍한 존재 같다. 미래의 노후대책을 세워야 한다며 오늘의 소중한 행복을 미처 보지 못하고 있는 것 같다. 늘 내 곁에 가까이 있는 행복을 보지 못하고 헤매고 찾아다니다가 지쳐 버리는 현대인들을 많이 볼 수 있다.

욕심 버리고 내가 가진 것 남과 나눌 수 있는 생각이 '아름다운 마음' 아닐까? 지금 내가 소유한 것 다 쓰지 못하고도 사람들은 더 많이 가지려는 욕심을 갖고 세상을 살아간다. 인간이 무언가를 바라고 얻고자 하는 마음이 욕심이다. 인간으로 태어난 이상 욕심을 부리지 않고 살 수는 없는 노릇이다. 그런데 이것은 너무도 확실한 것 같다. 지나친 욕심을 부리면 마음이 괴로워진다는 것이다. 마음이 지금 괴롭다면 그것은 내가 지나친 욕심을 부리고 있다는 것이다. 오늘을 살아가는 현대인들은 대부분 지나친 욕심 때문에 괴로워하고 있다. 지나친 욕심은 스트레스로 나타나고, 스트레스로 인해 사람은 몸과 마음이 병들어간다. 사람이 과욕을 부리는 것은 현재의 삶에 대한 불만족 상태를 나타내는 것이다. 주어진 현실을 수용하지 않고 감사하는 마음이 사라진 상태다.

내가 갖지 못한 것만 보면서 남과 비교하며 자신의 모습을 한탄한다. 이것이 바로 과욕을 의미하고 부정적인 마음의 상태를 말하는 것이다. 욕심은 부정적인 마음의 상태이고, 순수하고 정직한 노력에 의한 결심이 아니다. 사람이 본래 남을 속이고 악한 마음을 가지고 있는 것은 아니지만, 능력 이상의 것을 얻으려는 생각은 탐욕이고 마약과 같은 것이다. 과욕은 끝내 도둑놈 심보와도 연결되는 불행한 사태가 되기도 한다.

우리는 스스로의 마음을 잘 다스려 지나친 욕심으로부터 자신을 보호할 줄 알아야 한다. 스스로 괴로움에 빠져 짜증과 화가 날 때면 무엇인가에 지나치게 욕심을 부리고 있는 게 아닌지 생각해 볼 필요가 있다. 마음의 실체를 알고 나면 괴로운 생각이 서서히 줄어들고 현실에 감사하는 마음이 생긴다. 욕심을 부리지 않고서도 행복하게 살아갈 수 있는 것이 인간이다. 지금, 이 순간의 삶을 만족하다고 생각하면 우리는 크게 괴롭지 않은 마음으로 세상을 살 수 있다.

욕심의 심리는 원래 순수하지 않은 것이라고 한다. 능력 이상의 것을 얻으려고 하니 과욕이 생긴다. 주어진 삶에 만족할 줄 모르면 불행하고, 주어진 삶에 만족할 줄 알면 그것은 행복이다. 욕심을 부리면 고통이 시작되고 마음을 비우면 행복해진다. 욕심 많은 사람은 불행의 친구다.

내 욕심 버리고 남과 나눌 수 있는 '아름다운 마음'은 행복의 근원이다.

마음의 거울

거울이란 그 용도가 '자신의 겉모습을 보면서 잘못된 부분을 고치기 위한' 도구를 말한다. 그러나 거울은 겉모습만 아니라 사람의 내면세계를 비추어 본다는 의미도 가지고 있다. 그래서 사람의 얼굴은 마음의 거울이라고도 하는 것이다. 마음이 곧고 심성이 착하고, 남을 배려하며 베풀어 덕성을 쌓으면 사람의 관상(觀相;얼굴)은 은은하고 편하게 변한다고 했다.

세상을 착하게 살면 해맑은 얼굴로 꽃이 피고, 세상을 불편하게 살면 어두운 얼굴로 그늘이 진다. 얼굴이 마음의 거울이기 때문이다. 남을 배려하며 도와주고 베풀면 하는 일마다 순조롭게 풀려나간다. 이런 것을 사람들은 복福이라고도 한다. 베푸는 것 중에 가장 큰 것은 생명을 살리는 것이라고 했다.

사람은 얼굴 표정에서 그의 성격이 나타난다. 웃는 얼굴은 친근감을 주고 찡그린 얼굴에서는 불안을 느끼게 마련이다. 미소 짓는 얼굴을 보면 상대방의 인상이 좋아진다. 외로움, 원망, 분노가 담긴 얼굴보다는 초롱초롱한 눈빛에서 뿜어 나오는 밝은 표정, 온유하고 평화스러운 눈빛은 상대방 마음을 즐겁고 평안하게 해 준다.

옛날 거울이 없던 시대 우리나라에서 전해 오는 민담民譚이 있다.

시골 사는 한 선비가 한양으로 과거를 보러 갔다. 과거가 끝나고 한양 장터 만물상에서 작은 손거울을 하나 샀다. 시골 촌구석에서 고생하는 아내를 주려는 선물이었다. 집에 도착해 김매러 간 아내가 없는 방 벽에 거울을 걸어 놓았다.

아내가 일을 마치고 집에 돌아와 보니 남편은 보이지 않고 방 벽에 반짝거리는 것이 보였다. 무심결에 거울을 들여다보고 아내는 소스라치게 놀랐다. 그 안에는 예쁜 색시가 들어있는 것이다. 과거에는 관심 없고 예쁜 여자 하나 데려온 것이다. 아내는 분하고 원통해 주저앉아 통곡을 한다.

그때 시어머니가 얘기를 듣고 놀라 거울 안을 들여다보았다. 바짝 늙은 할멈이 있는 걸 보고 시어머니는 아들이 한심했다. 첩을 데려오려면 젊고 예쁜 색시를 데려올 것이지… 속이 상한 시어머니도 퍼질러 앉아 울고 있다. 집안의 통곡 소리에 놀란 시아버지가 헐레벌떡 집안으로 들어섰다. 자초지종을 듣고 시아버지가 거울을 들여다본다.

그런데 시아버지는 거울에 대고 '아버님! 안녕하셨습니까?' 하고 넙죽 절을 하는 것이었다. 거울 속의 자기 모습이 돌아가신 자기 아버지와 꼭 닮았던 모양이다. 자신의 모습을 비추어 볼 수 있는 거울이 없던 시대를 해학적諧謔的으로 그린 민담 같다.

인생을 살면서 자신을 안다는 것만큼 중요한 것이 없다.

나는 누구인가? 나의 뿌리는 어디서부터 시작된 것일까? 현재의 나는 누구인가? 앞으로 나는 어떻게 될 것인가? 내가 누군지 알아야 할 때 나를 거울에 비추어 보아야 할 것이다. 사람의 얼굴은 마음의 거울이다. 진실한 마음을 표현하는 눈빛과 당당함, 따뜻함, 정겨움, 기쁨과 감탄, 환희와 희망이 넘치는 활기찬 얼굴은 행복의 상징이다.

사람의 얼굴에서 눈은 '마음의 창'이라고 한다. 눈동자를 보면 그 사람의 인품을 알 수 있다. 그 사람의 내면이 아름다우면 눈빛에 스며들고 상대방은 따뜻한 사랑을 느끼게 된다. 표정이 수시로 바뀌는 사람도 있고, 그리움이 묻어나는 사람, 슬픔에 젖어 있는 사람, 기쁘게 웃는 사람, 분노에 차 있는 사람도 볼 수가 있다. 사람의 얼굴과 눈에는 천 가지, 만 가지 표정이 담겨있다. 아무리 자신의 불행을 가리려고 웃음 짓지만 눈빛은 슬픈 사람이 있다.

입으로는 거짓말을 해도 눈은 거짓말을 하지 못한다.

인간의 마음속에는 선한 마음과 악한 마음의 두 마음이 공존하고 있다. 우리 마음속에는 선과 악이 늘 대결하고 있으며 쉴 새 없이 싸움이 벌어지고 있다.

인간은 이 두 마음의 갈등으로 해서 행복과 불행이 엇갈리고 있다. 선의지가 강하면 행복해지고 악의지가 강하면 불행해진다. 마음이 모든 것을 지배하고 좌우한다. 마음은 나의 모든 생각과 행동을 지배하는 주인이다. 이 마음을 어떻게 갖느냐, 어떻게 쓰느냐, 어떻게 닦느냐, 어떻게 다스리냐 하는 문제는 전적으로 자기의 마음먹기에 달려있다.

거울에 먼지가 쌓이면 물체가 제대로 보이지 않는다. 물티슈나 휴지로 거울을 닦아야 제대로 볼 수가 있다. 내 마음의 거울에도 '악의 먼지'가 많으면 이 세상이 잘 보이지 않고 불행해진다. 행복한 인생길을 가려면 내 마음속의 선한 거울을 매일매일 닦고 세상을 맑게 보며 살아가야 하겠다.

의기義妓 강아江娥

입하가 지났고 며칠 후면 망종이니 초여름 날씨가 완연하다. 정철 문학관이 있다고 하는 송강 마을을 찾아가기 위해 집을 나섰다. 혼자서 3호선 전철을 타고 삼송역에 내리니 마을버스가 연결된다. 마을버스로 30여 분 가서 내린 곳이 송강 마을이라고 했다. 경기도 고양시 덕양구 신원동에 송강 문학관이 있다고 했으나 어찌된 일인지 문학관 건물은 보이지를 않았다. 문학관의 정체는 의기 관아의 무덤이었던 것 같다.

대로변에 커다란 시비詩碑만 있는 '송강 시비공원'을 지나 야트막한 산속으로 들어서니 초라하지만 아담한 무덤 하나가 나타났고, 무덤 비석에는 '의기 강아묘'라고 쓰여 있었다. 송강문학관 건물은 눈에 뜨이지 않아 안타까웠지만, 정철과 의기 강아의 애틋한 사랑의 역사를 반추反芻하는 시간을 가지게 되었다. 묘비 앞 잔디에 앉아 오랜 시간 동안 남녀 간의 사랑과 의리라는 걸 생각해보며 감상에 젖었다.

조선 시대 전라도 기녀 진옥眞玉은 의기로서 파란만장한 인생을 살다 간 가련한 여인이다. 송강 정철이 전라도 관찰사가 되어 감영에 있을 때, 노기老妓들의 청을 들어 당시 동기童妓였던 진옥을 만나게 된다. 정철의 호인 송강松江의 강江 자字를 따라 진옥은 강아라고 불렸다. 불과 십여 세 남짓의 어린 소녀였던 강아에게 머리를 얹어 주고 하룻밤을 함께 지냈다.

그러나 청렴결백했던 정철은 어린 강아에게 손끝 하나 대지 않았고, 다만 명예로운 '첫 서방'의 이름을 빌려주었다. 정철의 인간다움에 반한 강아는 어린 마음에도 그가 큰 인물로 느껴졌다. 정철 또한 어리지만, 영리한 강아를 마음으로 사랑하게 되었다. 한가할 때면 강아를 앉혀 놓고 '사미인곡' 등 가사문학을 가르쳐 주며 정신적인 교감을 나누었다. 강아는 기백이 넘치고 꼿꼿한 정철에게서 사랑을 받으며 그를 마음 깊이 사모하기 시작했다.

그러나 1582년 도승지로 임명을 받은 정철은 다시 서울로 떠나게 된다. 떠나가는 정철을 강아는 붙잡을 수도, 쫓아갈 수도 없는 자신의 신분과 처지에 낙담한 채, 체념의 눈물을 흘릴 뿐이었다. 강아의 서글픈 마음을 눈치챈 정철은 작별의 시를 써 주며 그녀를 위로하였다.

봄빛 가득한 동산에 자미화(배롱나무) 곱게 펴/그 예쁜 얼굴은 옥비녀보다 곱구나!/ 망루에 올라 장안을 보지 말라/ 거리에 가득한 사람이 모두 네 고움을 사랑하네!

시에는 강아에 대한 따뜻한 배려와 당부가 담겨있다. 좋은 낭군을 구해서 시집가서 잘 살라는 뜻이 담겨있는 것이다. 하지만 강아는 정철을 향한 그리움으로 10년이라는 긴 세월을 보낸다. 철부지 어린 나이에 정철을 만나 머리를 얹은 이후로 단 한순간도 그를 잊지 못하였다. 기생의 처지로 다른 남자의 유혹을 거부하며 수절을 한다는 것은 그렇게 녹록한 일은 아니었다.

그러나 정철에 대한 깊은 애모와 여심의 끝에 들려온 소식은, 정철이 강계로 귀양을 갔다는 기막힌 소식이었다. 강아는 그를 만날수 있다는 희망과, 귀양살이하는 정철에 대한 안타까움으로 서둘러 행랑을 꾸리고 길을 나섰다. 작은 발로 삼천리 길을 걸어 강계에 이른 강아는 초라한 초막에 앉아 책을 읽고 있는 정철을 보고 눈앞이 아찔해진다. 정철의 초췌한 모습에 진주 같은 눈물만 뚝뚝 흘리며 강아는 그 앞에 엎드려 울었다. 정철은 당황하여 자기 앞에 엎드려 우는 어여쁜 여인을 몰라본 것이다. 10년 전 십여 세 안팎의 어린 소녀였으니 성장한 강아의 모습을 상상하기 어려웠다.

대 정치가이자 일세의 문장가인 정철의 유배 생활은 몹시 가혹해 보였다. 그러나 그는 실의와 비판 속에서도 꼿꼿한 자세로 현실을 받아들이고 있었다.

어느 날 밤 송강과 강아 두 문인들은 '살 송곳'과 '골풀무'라는 남녀 성기를 상징하는 음사시淫辭詩를 나누며 뜨거운 정념으로 무르익었다. 그날 이후로 정철의 적소생활은 조금도 괴롭거나 우울하지 않았다. 마음이 울적할 때면 강아는 옆에서 기쁨을 주고 가야금을 연주해 주었다. 정철에게 강아는 생활의 반려자, 혹은 기녀가 아니었다. 정철에게 강아는 예술적 호흡을 같이 하는 지혜로운 여인이었다.

정철이 유배지에서 부인 안 씨에게 서신을 보낼 때면 강아의 이야기를 있는 그대로 보냈다. 부인 서신 속에서도 강아에 대한 투기나 남편에 대한 불평보다는 남편의 적소생활을 위로해 주는 고마움이 적혀 있었다. 강아 역시 부인의 너그러운 마음을 고마워하며 알뜰히 정철을 보살폈다. 누구에게도 찾기 힘든 두 연인 간 뜨거운 애정의 강물이 밑바닥을 흐르고 있었다.

그러나 남녀 간의 애정 관계란 영원할 수 없는 게 세상 이치다. 선조 25년 임진왜란이 발발하자 임금은 다시 정철을 서울로 부른다. 부인 안 씨는 강아와 함께 서울에 올 것을 정철에게 권했지만, 강아는 끝내 거절하고 강계에서 혼자 살며 외로운 세월을 보냈다.

애틋한 여심이 이루어낸 고귀한 사랑!

그 후 강아는 소심素心 보살이라는 이름으로 입산수도 하다가 송강 묘를 찾아 한평생을 마감했다. 아마 지금도 강계의 땅에는 청산처럼 기대고 산 정철과 강아의 혼이 슬프게 맴돌지도 모르겠다.

묘지 앞에서 일어나 사랑의 슬픔과 인생무상을 느끼며 산길을 걸었다.

다시 보는 '전원일기'

2년 넘게 계속되는 '코로나19 팬데믹' 지루하고 고통스럽다.

우리들 일상생활에도 많은 변화가 오고 있는 것 같다. 대외활동이 줄어들고 '방콕' 생활시간이 늘어나고 있다. 우연히 케이블 TV 채널을 돌리다 보니 아주 오래된 옛날 드라마가 나오고 있었다. 정답고 아련한 추억에 젖어 계속 보게 된 연속극은 20여 년이 훨씬 지난 '전원일기'이었다. 1980년 10월부터 22년 동안 방영된 이 드라마는 많은 국민들로부터 갈채를 받으며 인기를 끌었던 연속극이었다.

'양촌리'라는 한적한 농촌 마을을 배경으로 부대끼며 살아가는 사람들의 이야기를 다룬 주간 연속극이었다. 도시 사람들에게는 농가 생활의 의미를 찾게 하고, 농촌 지역 사람들에게는 '생각하는 농민', 긍지와 보람을 찾는 방법, 참다운 농심農心을 일깨우는 내용을 담고 있었다.

할머니를 모시고 4대가 한집안에 사는 김 회장(최불암역) 댁과 객지를 전전하다가 귀농해 부지런히 일하는 일용이네를 중심으로 이웃과 어우러져 살아가는 서정 드라마였다. 1980~1990년대 우리 농촌의 생활상을 보여주는 인문학적 보고서이자, 온 국민들이 울고 웃던 추억의 휴먼 드라마였다.

농촌이라는 배경과 소재를 통해, 농촌을 떠나 도시로 간 사람들에게 농촌 실정과 그리움을 드라마로 그려 낸 작품이다. 가족과 이웃들이 애환을 함께 하며 마을마다 고여 있는 아름다운 이야기들, 사람 사는 맛을 느끼게 했던 연속극이다. 농촌 고향을 떠난 도시민들의 삶에 위안을 주기도 했었다. 전원일기는 늘 우리에게 농촌의 소박하고 유대감 넘치며, 아름답고 평화롭던 고향 모습을 그립게 했었다.

우리의 부모님들은 못 입고, 못 먹고 살면서도 자식들만은 가르쳐야 한다며 도시로 유학을 보냈다. 그래서 지금의 도시민들 대부분은 너나 할 것 없이 농촌이 고향이고, 농부의 아들이자 딸이고, 손자이고 손녀다.

20년 세월이 지난 지금 왜 다시 연속극 '전원일기'일까?

22년 동안 계속되던 인기 드라마가 종영될 무렵부터 우리 농촌 환경은 크게 바뀌고 있었다. 농촌 인구는 급격하게 줄어들고, 농촌 주택과 공간, 가족 구성, 농민들의 의식구조와 이웃 간의 관계도 옛날 같지가 않았다. 파도처럼 지구촌을 휩쓸고 지나간 자유무역협정 (FTA)으로 우리 농업과 농촌은 숨이 막히고 설 곳을 잃을 지경이 되었다.

아기 울음소리 그친 시골 동네에 노인 혼자 쓰러져가는 옛집 지키며, 명절 때나 올까 말까 한 자식들을 기다리고, 어른 기침 소리만 듣고도 조심스러워하던 젊은이들이 보이지 않는 요즈음 농촌이다. 정상적인 가정이 무너지고 이웃 간의 관계도 소원해지고 있다. 하루가 다르게 이기적으로 변하는 세태 속에서 인간답게 살던 '양촌리' 사람들이 그리워 전원일기를 찾는지도 모른다.

농업이라고 하면 많은 사람들은 생산성이 떨어지고 경쟁력이 낮은 사양 산업 이미지로 보고 있다. 먹거리 생산의 중요성은 인정하면서도 정작 농업에 종사하기는 꺼리는 현실이다. 농사일은 품이 많이 들고, 참으로 고된 작업이다.

농사란 철 따라 농민이 땀 흘려가며 써가는 대하소설 같은 것이다. 철이 되면 씨 뿌리고, 돌보고, 거두는 일이 자연의 순환이라면, 못자리를 시작으로 벼 베고 방아 찧어 쌀독 그득히 채우며 흐뭇해하는 농부의 표정이 한 해 농사의 마무리일 것이다.

또다시 정치 계절이 다가오니 농촌과 농업을 살리겠다고 정치인들은 나대기 시작한다. 농촌을 살린다고 하는 말은 사람도 없는 곳에 길을 내고 집을 짓는 게 아니라 마음이 넉넉한 사람들이 어우러져 살아가는 공동체 회복에서 찾아야 한다. 농업의 가치를 경제적 논리로만 보는 것은 문제가 크다.

농업의 공익적 가치는 지금의 경제적 계산보다는 국가의 백년대계에 두어야 한다. 농작물은 탄소를 흡수하고 산소를 뿜어낸다. 논물은 가뭄과 홍수를 예방하고 지하수원이 되기도 한다. 농업은 생물의 다양성을 확보해 생태계를 유지해 준다. 농촌 마을은 우리의 전통문화를 계승 보전하며 도시인들의 휴식처 기능도 한다. 한국 농촌경제연구원은 한국 농업의 공익적 가치를 244조 원이라고 했다. 농업의 공익적 가치가 시장에서 거래될 수는 없어도 국가의 백년대계百年大計를 위해서는 필수불가결必須不可缺한 요소다.

농업의 공익적 가치를 헌법에 반영하지 않고는 우리 농업의 미래가 암울할 뿐이다. 지난해 3월 국회에서 시작된 '농업가치 헌법반영' 토론회가 계속 활력을 찾았으면 좋겠다. 농업은 인간의 먹거리를 해결하는 기초산업이며, 농촌은 우리가 태어난 영원한 마음의 고향이다.

지혜롭게 살아가는 세상살이
이황연 네 번째 수필집

초판 1쇄 인쇄 | 2021년 10월 07일
초판 1쇄 발행 | 2021년 10월 15일

지 은 이 | 이황연
펴 낸 이 | 노용제
펴 낸 곳 | 정은출판

출판등록 | 2004년 10월 27일
등록번호 | 제2-4053호
주　　소 | 04558 서울시 중구 창경궁로 1길 29 (3층)
대표전화 | 02-2272-9280
팩　　스 | 02-2277-1350
이 메 일 | rossjw@hanmail.net
홈페이지 | www.je-books.com

ISBN 978-89-5824-438-7 (03810)

ⓒ 정은출판 2021
값 13,000원